인생 참!

인생 참!

1판 1쇄 발행 2023년 3월 29일

저자 김연구

교정 윤혜원　**편집** 문서아　**마케팅·지원** 이진선

펴낸곳 (주)하움출판사　**펴낸이** 문현광

이메일 haum1000@naver.com　**홈페이지** haum.kr
블로그 blog.naver.com/haum1000　**인스타그램** @haum1007

ISBN 979-11-6440-344-8 (03810)

좋은 책을 만들겠습니다.
하움출판사는 독자 여러분의 의견에 항상 귀 기울이고 있습니다.
파본은 구입처에서 교환해 드립니다.

인생 참!

김연구 에세이

히움

차 례

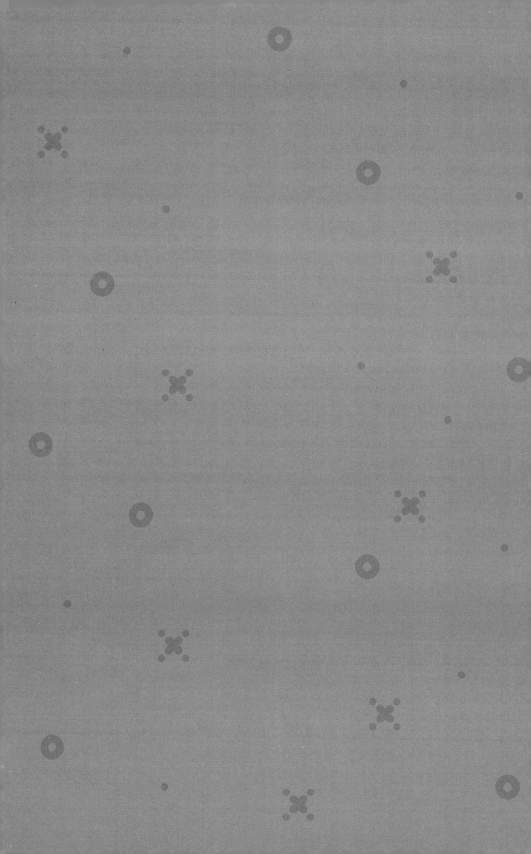

[전조]

근래에 들어서는 봄의 기운을 제대로 느끼기도 전에 벌써 여름이 옆에 와서 서 있는 것 같습니다. 교차되는 계절의 변화 무쌍한 기온 차 때문에 감기에 걸렸는지 아내와 아들의 기침이 잘 낫질 않는다고 하였습니다. 벌써 여러 날 기관지에 좋다고 하는 여러 가지 처방을 받는데도 치료가 잘 안 되는 모양이었습니다. 도라지 농축액이며 배로 만든 즙 등 민간요법도 병행하고 있는 것 같고, 집 근처 약국이나 병원에도 빈번하게 들락거리는 것 같은데 별 차도가 없어 보였습니다. 저녁이 되면

내일은 누구누구에게 소개받은, 무슨 무슨 내과에 같이 가 보자고 하며 일정을 조정하는 얘기가 들리곤 했습니다. 어느 한 날은 두꺼운 약 보따리와 기관지 천식을 치료한다는 이상한 기구들을 사 오기도 했습니다.

그래도 그러한 노력이 어느 정도 효험이 있었는지 얼마 지나지 않아 아내의 기침은 씻은 듯이 사라져 버렸습니다. 그런데 아들은 그렇지 않았습니다. 초기에는 아내처럼 기침만 잦은 듯했는데, 날이 거듭되면서 기침과 더불어 심한 헛구역질까지 해대곤 했습니다. 또한, 외출하였다가 집에 돌아와서 걷기에도 힘이 든다는 말을 하는 빈도가 점점 잦아지고 있었습니다. '뭔가 심각하게 잘못되고 있는 것은 아닌가?'라고 어렴풋이 걱정하기 시작한 것이 아마 그 무렵인 것 같습니다. 아들과 대면하는 시간이 그리 많지 않았던 시절이었습니다.

아내는 아들이 잘 낫지 않는다며 주위에서 추천하는 여러 병원을 다니며 새로운 처방을 찾고 있었습니다. 그러나 상태가 진전되기는커녕, 옆에서 보기에도 매우 심각해지는 것 같았습니다. 조금만 걸어도 힘들어하는 것은 물론, 식사조차 어려운 상태가 지속되고 있었으며, 먹은 것을 기침과 함께 모두 토해 버리고 마는 상태까지 와 있었습니다.

가슴 저 깊은 속에서 나오는 진저리 나는 기침 후에 몰아

쉬는 그의 힘겨움이 도가 지나치다고 느껴지는 어느 날 저녁, 지쳐서 소파 위에 늘어져 있는 아들의 가슴을 본 나는 깜짝 놀라고 말았습니다. 전과 달리 유난히 불룩 솟아 있는 아들의 왼쪽 가슴! '아! 뭔가 단단히 잘못 되고 있구나.' 바쁘다는 핑계로 건성건성 그즈음의 상황을 알고 있었던 저로서는 직감적으로 이같이 느끼며 아내에게 약간 다그치듯이 물었습니다.

"최근에 정기검사 받은 때가 언제지?"
"검사받은 지 꽤 오래된 것 같아. 이번 외래 날짜도 지난 것 같은데?"

그제야 아내도 뭔가 느낌이 왔는지 안색이 확 변하면서 벽에 걸린 달력을 확인했습니다. 아내는 그동안 아들의 상태가 매우 안정적이었기에 2년마다 받아야 하는 정기검진을 한 번 건너뛰었다는 말을 덧붙였습니다. 사실 아들의 건강은 근 10여 년간 정상인과 다를 바 없었으며, 정기건강검진에서도 어떠한 우려할 만한 염려가 나온 적이 없었습니다. 지극히 정상적인 생활 속에서 아빠와 소주 한 잔을 기울이며 세상을 논하기도 했고, 기분이 좋을 때면 노래방에서 목청껏 노래를 불러 대기도 했습니다. 노래방에서는 저보다 노래를 더 잘 불렀고,

간혹 함께 낚시를 할 때면 조력이 오래된 저보다도 물고기를 잘 잡던 아들이었습니다. 자전거로 등·하교도 하고 친구들과 농구를 하며 땀을 흠뻑 흘리던 아이였습니다.

갑자기 그동안 잠재해 있던 불안감이 급습해 오는 것을 느꼈습니다. 애써 겉으로 표현은 하지 않았지만, 그날 밤은 형언할 수 없는 무거움으로 가득 찬 가슴을 진정시킬 수 없어 꼬박 밤을 새우고 말았습니다. 최근 약 2~3개월간 괴롭힘을 당해 왔던 그 고통스러운 증상이 알레르기성 천식 때문이 아니라 심장에 심각한 문제가 발생했기 때문이라는 재수 없는 생각이 자꾸 머릿속에 맴돌았습니다. 다음 날 아침 일찍, 아들을 차에 태우고 그동안 다녔던 병원으로 달려가서 주치의를 만났고, 급히 몇 가지 검사를 하였습니다.

"부정맥 증상이 조금 있기는 하지만 심장은 그리 걱정할 정도는 아니니까, 천식 증세를 먼저 치료하도록 하죠."

다행이다 싶어 놀란 가슴을 쓸어내리며 천식을 치료하기 위해 외래를 다니기로 했습니다. 심장 치료를 먼저 하게 되면 약물 부작용으로 천식이 더 심해질 수 있기 때문이라고 말씀하셨기 때문입니다. 그 후, 여러 차례 천식을 치료했지만 나아지기는커녕 기침은 점점 더 심해지고, 호흡이 가빠지는 경우가 더 늘어나고, 먹은 것을 소화하지 못하고 토해 버리는 빈도가 늘어나더니, 급기야 어느 날 자정 무렵 비상사태가 발생하고 말았습니다. 변기에 머리를 박고 구역질을 하던 아들이 쓰러져 버린 것입니다.

정신이 혼미해진 아들을 데리고 부랴부랴 응급실로 향했고, 다음날 담당 의사의 다급한 지시로 즉시 입원하게 되었습니다. 자세한 설명이 없었기 때문에 알 수 없는 두려움이 밀려오는 것을 느꼈습니다. 직감적으로 그 느낌은 매우 기분이 좋지 않은 미래를 예견하는 듯했었습니다. 28년 전, 아들이 태어나자마자 병원에 들렀을 때부터 주치의였던 고 교수가 원망스럽기까지 했습니다. 천식이 중요한 것이 아니라 심장의 상태가 예사롭지 않다고 했습니다.

정밀검사를 해 봐야 정확한 상태를 알 수 있을 것 같다고 말씀하셨습니다. 얼마 전에 왔을 때는 웃는 얼굴로 진찰을 하고 나서 너무 걱정하지 말라고 하셨는데 이번에는 웃음기가 싹 사라진 모습이었습니다. 뭔지 모르는 두려움으로 아내와 난 서로 말을 아끼고 있었습니다. 아마 아내는 지옥과도 같았던 과거가 생각났을 겁니다. 우리는 최소한의 대화로만 소통하고 있었습니다. 시간이 지나며 점점 심해지는 가슴의 통증을 견디지 못할 때면 만만한 엄마에게 온갖 짜증을 내곤 했습니다. 채 검사결과가 나오기도 전에 심해지는 고통에 시달리는 아들의 칭얼거림이 나와 아내의 가슴을 갈가리 찢어 놓고 있었습니다.

아직 전반적인 검사 결과가 나오지 않은 상태였기 때문에 누구든지 마음속 불안과 초조함 등이 절제될 수 있는 상황이 아니었습니다. 아들도 아들이지만 아내의 상태 또한 매우 걱정되었습니다. 아내는 며칠 사이에 아들의 상태가 그 지경이 되는 것을 보고 일찍 병원으로 오지 않았던 것을 심하게 자책하고 있었습니다. 정신적인 충격을 잘 이겨 낼 수 있을지 걱정이 많이 되었습니다. 평소에는 매우 강단이 있는 듯한 모습이더라도 심각한 상황을 앞두고는 식음을 전폐하는 경우가 종종 있었기 때문입니다.

급기야 장기 입원을 준비하라는 의사의 지시에 따라 준비하는 아내의 얼굴에서는 눈물이 계속 흘러나오고 있었습니다. 아들도 자신과 같이 천식으로만 알고 있던 증상들이 지금 와서 보니 심상치 않다는 것을 느꼈는지 매우 긴장하는 모습입니다. 주치의의 표정에서 뭔가 단단히 마음을 먹어야만 할 것 같은 느낌을 받았습니다. 연세가 많으신 고 교수의 표정이 과거엔 한 번도 그토록 심각하게 보인 적이 없었기 때문이었습니다. 검사 결과를 기다려 보자고 이들을 안심시킴과 동시에, 이럴 때일수록 가장인 내가 정신을 바짝 차리고 있어야 한다는 것을 본능적으로 느꼈습니다.

입원하고 며칠간 필요한 검사를 하는 동안에도 아들의 상태가 눈에 띄게 악화하는 것 같았습니다. 본격적으로 접어드는 한여름 날씨가 진저리나게 무더웠습니다.

[멋진 아들에게 감사]

"아빠, 나 이번 학기 휴강하고 스페인에 좀 다녀와야겠어."

그렇지 않아도 평상시 아들은 일반 또래들이 대부분 거쳐야 하는 일상적인 과정들(열심히 공부하여 좋은 대학 나와서 안정된 회사에 취직하고 좋은 배필을 만나 결혼하여 아이 낳고 사는 평범한 인생)에 대하여 회의적이라는 것을 알고 있었습니다. '그래도 4년제 대학은 졸업해야 기본적인 자격을 갖고 사회에 진출할 수 있다'고 하는 나를 비롯한 여러 어른의 세속적이고 반강압적인 충고에 대학에 진학은 했었습니다.

그러나 대학을 들어가면 좀 나아지려니 했던 기대와는 달리 학년이 올라갈수록 점점 더 자기의 주장을 강하게 표현하곤 했었습니다. 흔히 젊었을 때 한 번쯤 해 보는 치기 어린 일탈이 아니었습니다. 그 문제에 대해서 정말 많은 시간 동안 아들과 소주잔을 기울이며 같이 고민해 보았습니다. 어떻게 해서라도 아들의 마음을 돌려보기 위한 일들을 참 많이도 했었습니다. 아들은 대학 졸업이 자신의 인생에 그리 도움이 되지 않을 것이라는 막연한 생각을 갖고 있었습니다.

"걱정하지 마. 스페인 다녀와서 약속대로 복학하고 대학 졸업은 할 테니까!"

본인의 진로에 대해 고민하던 표정이 아니었습니다. 뭔지는 잘 몰랐지만, 희망의 빛이 깃든 그런 표정이었고, 해야 할 중요한 일을 찾은 듯한 결의에 찬 제안이었습니다. 자세하지는 않았지만, 아들의 계획을 듣고 나서 허락하지 않을 수 없었습니다. 나 또한 그에게는 그러한 시간과 경험이 필요하리라고 생각하였습니다. 휴학한 후에 아들은 열심히 아르바이트에 다녔습니다. 짧은 기간에 여행 경비를 조금이라도 더 벌기 위해 주로 야간 아르바이트를 다녔습니다. 자신의 여행 경비는 자기 스스로 벌어서 가겠다고 했기 때문입니다. 아마도 제가 그동안 다니던 마지막 직장에서 막 은퇴를 한 시점이었기 때문에 그렇게 결정을 한 것 같았습니다.

"까미노 데 산티아고!"

아들이 갈려고 하는 스페인에 있는 순례자의 길 이름입니다. 약 900km를 30~40일 동안 걸어서 가야 하는 고단한 여행길이었습니다. 아무런 동행도 없이 오롯이 혼자서 배낭을 메고 다녀온다고 했습니다. 그런 결정을 한 아들이 대견스러워 배낭과 신발만은 제가 사 주었습니다. 그 외에는 군 복무 때 경험해 본, 발에 잡힌 물집을 임시로 조치하는 방법을 가르쳐 주는 것이 전부였습니다. 아들로부터 허락된 것이 그것뿐이었습니다.

약 5개월의 시간이 흐른 뒤에야 준비가 다 되었습니다. 인천공항에서 아들을 보내고 돌아오는 길에 아내의 걱정이 이만저만이 아니었습니다. 원래 그리 건강하지 못한 아들이 먼 외국으로, 그것도 고된 길을 홀로 여행을 한다고 하니 그럴 만도 했습니다. 아들이 처음으로 이 계획에 대한 얘기를 꺼냈을 때부터 완강히 반대하였으나 저와 아들의 설득에 마지 못 해 허락한 상태였기 때문입니다. 눈물을 흘리며 아무 말도 하지 않는 아내를 위로하며 집으로 돌아왔습니다.

35일간의 여행! 새까맣게 그을린 몸으로 돌아온 아들의 얼굴에는 생기가 흘러넘쳤습니다. 아마 그때처럼 아들의 얼굴에서 삶의 활력을 느껴 본 날들이 그리 많지 않은 것 같습니다. 잘 터지지 않는 와이파이를 한탄하며 여행 도중에 간간이 전해오던 이야기와 사진들 속에서 이미 조금은 그의 기분이 어떤지 짐작할 순 있었지만, 그토록 좋아할 줄은 몰랐습니다. 마치 인생의 커다란 산을 넘어선 승리자의 표정이었습니다. 해냈다는 자부심이 가득 차서 즐거워 보였습니다. 정말 자랑스러운 아들이었습니다. 저러한 정신이면 이미 성공한 삶의 출발점에 있다고 확신할 수 있었습니다. 이런 아들로 자라 준 것이 자랑스러웠습니다. 한동안 그 여행 얘기가 우리의 술안주로의 역할을 톡톡히 했습니다. 집에만 오면 벙어리가 된 듯한 아들이 갑자기 수다쟁이가 된듯한 느낌까지 받았습니다. 기회가 되면 아빠, 엄마와 함께 꼭 다시 가 볼 것이라고 다짐을 하기도 했었습니다.

사실 그때 처음으로 아들의 대범함과 결단력, 행동으로 옮기는 실천력, 여행에서 만난 타인을 먼저 생각하는 배려심 등에 대하여 곰곰이 생각해 보았습니다. 미처 과거에는 발견하지 못한 그의 일면이었습니다. 그의 마음속에는 아직도 자세히 설명할 수 없는 커다란 무엇인가가 자리하고 있을 것 같은 그런 느낌이었습니다. 아버지로서 말로 표현은 하지 않았지만, 그때부터 아들의 말에 전적으로 공감하는 마음이 자리 잡은 것 같습니다. 태어나면서부터 겪었던 고통의 세월이 그렇게 만들었는지 나이가 아직 20대 중반인데도 인생의 고수 같은 느낌이었습니다.

여행 후 약속대로 복학도 하고 열심히 일상을 살아가기 시작하였습니다. 우리는 아빠와 아들의 사이가 아니라 동시대를 살아가는 일원으로서 참 많은 대화를 나눈 것 같습니다. 때로는 어느 한 가지 사회적 이슈를 놓고 격렬한 논쟁을 벌이기도 했습니다. 저를 닮아서인지 웬만해서는 자기의 주장을 굽히지 않는 고집스러움이 좋았습니다.

학교 공부는 그리 잘하지는 못했지만, 그의 옆에는 항상 책이 같이 하고 있었습니다. 어려서부터 그랬지만 자라나면서 접하는 책들은 저도 잘 모르는 것이 대부분이었습니다. 대화를 해 보면 그가 항상 정의로운 생각을 하고 있다는 사실에 깜짝 놀랄 때가 많았습니다. 흔히 있는 젊은이들의 반항적 요소가 없는 것은 아니지만 그래도 선의의 편에 있는 것만은 확실

하였습니다.

점점 제가 그의 말에 동화되는 경우가 많아지고 있었습니다. 쓸데없이 대항해 보았지만, 마음 한편으로는 대견스러웠고, 그렇게 성장하고 있는 아들에게 어렴풋한 고마움을 느끼고 있었습니다.

[청천벽력]

'소아심장내과'

아들이 어려서부터 다니던 곳입니다. 그래도 입원은 정말 오랜만이었습니다. 성인이 된 후에도 아들의 심장 관리는 주치의 고 교수가 계시는 소아심장내과에서 계속하고 있었습니다. 소아심장내과를 찾는 환자는 주로 선천성 심장병을 갖고 태어난 갓난아기들이 대부분입니다. 그래서인지 주사 맞기를 거부하는 아이들의 울음소리가 가득하기도 하고, 병의 경중과는 관계없이 수심 가득한 얼굴로 아픈 아이를 안고, 업고 또는 휠체어를 밀며 간호하는 사람들, 간혹 잘못된 결과 때문에 슬픈 보호자들의 통곡이 들리는 곳이기도 했었습니다.

매우 익숙한 곳이긴 해도 이번엔 뭔지 모를 두려움이 엄습하는 것을 숨길 수가 없었습니다. 약 일주일간 익히 알고 있었던 각종 심장과 관련된 검사를 받았습니다. 이곳저곳의 정맥을 통해 심장에 접근하여 그 상태를 관찰하는 심장 관련 검사들은 일반인들이 보기에는 그 자체가 매우 두려운 과정이라 할 수 있습니다.

오늘은 그 검사 결과를 기다리는 날입니다. 아침 회진을 온 주치의 고 교수가 형식적인 몇 마디를 아들과 주고받은 뒤, 저를 따로 보자고 하였습니다. 그분의 표정과 작은 행동에서 뭔가 불안감을 느끼며 뒤를 따라 병실을 나갔습니다.

"심장이 꽤 견딜 줄 알았는데, 이 상태로는 수술로도 가망이 없을 것 같습니다."

"예?"

"지금 상태로는 이식도 불가능할 것 같아요."

"……."

얼마 전, 약간의 부정맥이 있으나 너무 걱정하지 말라는 얘기가 귓가에 맴도는데 아무 말도 할 수 없었습니다. 이삼 년 후에 판막을 새로 갈면, 큰 문제 없이 평생 건강하게 살 수 있을 거라도 얘기도 귓가에 맴도는데 아무 말을 할 수 없었습니다. '아무런 해결책이 없다는 말 아닌가. 이대로 죽어야 한다는 말 아닌가. 뭐지, 이 상황이 대체 뭐지? 아들이 저대로 죽어야만 한다는 것인가?' 머릿속은 복잡한데 아무 말도 할 수 없었습니다.

심장이 너무 커져 있고 폐동맥의 수치가 너무 높아, 폐와 심장을 동시에 해야 하는데 그마저도 힘들다는 것이 의사들의 소견이랍니다. 얼마 전 심장이 급격히 나빠지고 있다는 얘기를 들었을 때도 제발 심부전까지는 아니었으면 하고 기도했던 것이 부질없는 일이었다니. 아니, 그것이 아주 사치스러운 생각이었다니…….

조금 떨어져서 귀를 세우고 듣고 있던 아내가 주저앉는 모습이 언뜻 보이는데도 아무런 말이나 행동을 할 수 없었습니다. 너무나 기계적인 설명을 하고 총총히 돌아서는 주치의의 뒷모습을 보며 멍하게 서 있을 수밖에 없었습니다. 한참이나 복도에서 서 있었지만, 머릿속이 텅 비어 있어서 아무런 생각이 나질 않았습니다. 뭔가 불안함을 느낀 아들의 시선을 마주할 수 없었습니다.

"아직 검사 결과가 모두 안 나왔다고 하시네, 아직은 좀 더 두고 봐야 하니 최선을 다해 치료를 받아 보자고 하셨어."

의사와의 상담이 있었던 것을 알고 있는 아들에게 해 줄 수 있는 얘기는 이것이 전부였습니다. 과거, 두 번에 걸친 개복 수술을 했었고 얼마 후에 예정된 또 다른 한 번의 수술로 건강한 삶을 살아갈 수 있다는 희망을 품고 지내 왔는데, 이게 무슨 일인가 싶었습니다. 지금까지 아들과 같이했던 여러 가지 추억들이 주마등처럼 지나갔습니다. 그래도 저는 아무렇지 않은 듯 행동해야 했습니다. 이미 마음속으로는 초주검이 되어 있는 아내 또한 저렇게 버티고 있으니 말이지요…….

조용히 병실을 나가 전화기를 꺼내 들고 부모님께 연락을 드렸습니다. 청천벽력 같은 소식을! 그때까지는 그저 아들의 몸 상태가 조금 좋지 않아서 검사를 위해 입원했다고만 얘기했습니다. 소식을 전해 들은 친지들의 전화가 왔지만 서로 많은 말을 주고받을 수 없었습니다. 모두 같은 충격을 받았으리라 생각되었습니다. 특히, 그동안 아파 왔던 손주를 끔찍이도 사랑하셨던 부모님의 충격은 이만저만 큰 것이 아니었습니다.

'수술도 불가능하다는 말은 죽음을 받아들이라는 얘기가

아닌가?'

'아! 어떻게 하지? 뭐부터 해야 하지?'

깊은 생각을 가로막는 한여름의 진득한 날씨가 심하게도 원망스러웠습니다. '천식인 줄 알고 그동안 복용한 약들이 심장을 갑작스레 이 지경으로 만들어 놓은 것인가? 아니면 서서히 나빠지고 있다가 한계점에 도달한 것인가?' 의학적 지식이 없는 부질없는 혼자만의 상상으로 힘들어하는 아들을 하염없이 내려다봤습니다. 벌써 죽음의 그림자가 가까이 와 있는듯한 느낌이 들었습니다. 그사이 심장의 크기가 더 커져 있는 것 같고, 숨소리가 더욱 거세게 들리는 것 같았습니다. 그래도, 쉽게 '포기'라는 단어는 마음속으로라도 생각하기 싫었습니다. 이렇게 허무하게 보낼 수는 없었습니다.

그런 생각에 잠겨 있던 어느 순간 갑자기 마음이 차분히 가라앉기 시작했습니다. 내 힘으로 할 수 없는 일에 고민하고 원망하고 후회하고 있을 시간이 없다는 것을 느꼈습니다. 지금부터 내가 할 일이 무엇일까? '인간의 명은 하늘에 달려 있으니, 이 상황을 의연히 받아들이고 내가 할 일을 찾아보자. 얼마의 시간이 주어진 것인가? 주어진 시간 동안을 어떻게 보내야 하는가? 아들은 현재 이 시각, 무엇을 가장 원하고 있을

까?'

생각이 바뀌니, 마음이 바빠지는 것 같았습니다. 아들의
죽음을 인정한 아버지의 마음속에는 오직 한 가지만이 자리
잡기 시작했습니다. '무엇을 해 주어야 하나?' 자식을 먼저 하
늘나라로 보내는 부모들이 수없이 많다고 하지만 자식이 하루
하루 조금씩 죽어 가는 모습을 봐야 하는 부모는 그리 많지 않
을 겁니다. 갑자기 당한 교통사고도 아니고, 예기치 않은 불치
의 병도 아니었는데, 심장의 수명이 다할 때까지 서서히 죽어
가는 아들을 바라보고 있어야 한다니…….

상상을 할 수 없는 의료진에 대한 원망도 몰려왔었습니다.
그런데 할 수 있는 일이 아무것도 없었습니다. 황망함을 넘어
서 거의 실신 상태에 있는 아내에겐 말을 걸기도 두려웠습니
다. 그래도 정신을 차려야 했습니다. 정신을 차리고 있어야 하
는 것은 저밖에 없는 것 같았습니다. 의료진의 지시를 제대로
이행하기 위해서라도 정신을 바짝 차려야 했습니다.

말보다 눈으로 얘기하는 횟수가 점점 늘어나고 있었습니
다. 그 눈빛은 평소 제가 알던 아들의 눈빛이 아니었습니다.
이미 많은 것을 알아차리고 있는 아들의 눈빛은 그 깊이를 짐
작할 수 없었습니다. 나와 아내 그리고 아들과 딸, 모두 두려
움을 느끼고 있었으나 적어도 겉으로 표현은 하지 않았습니

다. 서로가 희망이 있을 거라 막연하게 믿고 서로에게 기대어 있는 상태였습니다.

입원실 유리창 밖으로 한강이 유유히 흘러가고 있었습니다. 보름달과 올림픽대교에서 흘러나오는 빛이 강물을 댕강댕강 잘라내고 있었습니다. 밤이 가고 새벽이 오면서 강물은 아무 일도 없었다는 듯이 묵묵히 하나로 뭉쳐져서 흘러갑니다. 아들의 팔뚝에는 필요한 정맥주사가 하나둘 씩 늘어가고 있었습니다. 치료를 위한 조치가 아니라 일단 심장의 상태를 조절하기 위한 것이었습니다. 의사의 처방과 간호사들의 행동에서 이미 매우 위급한 상태임을 직감한 아들의 표정에서 그동안 보지 못했던 긴장감이 흘러나오고 있었습니다. 아무것도 묻지도 않고 몸을 맡겨 두고 있었습니다.

[탄생]

약 25년 전 어느 가을날

"김성수 씨 계시면 앞으로 나와 주시기 바랍니다."

오리엔테이션의 일환으로 계열사 투어를 진행하던 인사과 직원의 호명이 있었습니다. 저는 그날 약 100여 명의 경력 사원 입사 동기생들 앞으로 불려 나갔습니다. 계열사 사장의 인사말이 끝난 직후라 무슨 이유인지도 모르고 앞으로 나가는 중에, "여러분 오늘 김성수 씨께서 이란성 쌍둥이의 아빠가 되셨습니다, 모두 축하해 주시기 바랍니다!"라는 말이 들렸습니다.

'아니 이게 무슨 소린가? 출산 예정일이 적어도 보름 이상이 남았고, 적어도 그 시간 내에 경력 사원 입사 오리엔테이션 일정을 충분히 소화하고도 남을 줄 알았는데……'

졸지에 행사장 안의 모든 사람에게 축하의 박수를 받고, 사장으로부터 급조된 작은 기념품도 받은 후에 인사과 사무실로 향했습니다.

"바로 병원에 가 보셔야죠?"
"아니요, 이왕 출산이 끝났다고 하니 남은 일정은 소화하고 가도록 하겠습니다."

잠시 망설였지만, 이렇게 말하고 행동하는 것이 저다운 결정이라 생각하며, 바로 병원으로 가질 않고 남은 이틀 동안 진행된 행사에 모두 참여하였습니다. 대학을 졸업하면서 담당 교수님의 추천으로 입사했던 회사를 그만두고 대기업의 경력

공채에 합격하여 오리엔테이션의 일환으로 계열사 탐방을 하는 중이었습니다.

임신 후 계속 다니던 산부인과에서 자연분만이 어려울 것 같다고 하는 의사의 말을 듣고, 이왕이면 좋은 날을 받아 수술하자는 시아버지의 말씀에 따라 예정보다 빨리 출산한 것이었습니다. 아내는 교육 중인 저에게 연락할 필요가 없다고 우겼다고 했습니다. 하루만 더 있으면 되는데 굳이 연락하여 부를 필요가 없다고 했답니다. 어쨌든 그렇게 회사 일정을 모두 소화하고 병원으로 달려갔습니다.

"오빠–동생 할까요, 누나–동생으로 할까요?"
"오빠–동생으로 하죠."

나중에 많은 후회를 하였지만, 이렇게 간단히 형제 관계가 정해졌습니다. 담당 의사는 제가 오기 전까지, 아이들이 태어난 시간을 적지 않고 비워두고 있었습니다.

아들: 10월 13일 8시 28분, 2.9kg / 딸: 8시 29분, 2.3kg

1분 차이로 그들의 운명이 결정되었고 딸의 몸무게가 너무 적어서 며칠 인큐베이터에 있어야 했던 일 말고는 모든 일이 순조롭게 잘 진행되었습니다. 아내가 수술할 때 같이 있어 주지 못한 것이 많이 미안하였으나 침대에 누워 있는 얼굴은 천사처럼 아름다웠습니다. 왜 빨리 연락하지 않았냐는 나의 물음에 그냥 미소로만 답하는 아내를 보면서 이 여인을 영원히 사랑하리라 마음속으로 다짐하였습니다. 참 신기하고 감사했습니다. '나에게 아들과 딸, 이란성 쌍둥이를 동시에 주시다니!' 그러나 진짜 문제는 딸의 몸무게가 어느 정도 회복되고 난 후, 퇴원 수속을 밟고 있을 때였습니다.

"되도록 빨리 심장 전문병원에 한번 가 보셔야 할 것 같습니다."

"네? 누구요? 왜요?"

"아드님 심장박동 소리가 정상이 아닌 것 같습니다."

여러 차례 아들의 가슴에 청진기를 대어 보던 의사의 얘기였습니다. 뭔지 모를 세한 느낌을 받았지만, 담당 의사는 더 이상의 정보는 주지 않았고, 그렇게 조금은 유쾌하지 않은 기분으로 퇴원을 하였습니다. 아내는 서울 근교의 큰 처형 집에서 산후조리를 하기로 했습니다. 멀리 충청남도에 친정이 있었지만, 부모님이 모두 돌아가신 상태라 집에서 가까운 큰언니 집이 그래도 가장 편했던 모양입니다. 아내는 7남매의 막내였는데 부모님 두 분이 모두 돌아가신 후에는 큰언니와 큰올케가 거의 엄마 역할을 했다고 들었습니다. 큰언니는 작은 방 하나를 내주고 밤낮으로 군불을 떼 주며, 막냇동생의 산후조리에 열성을 다해 주었습니다.

저는 쇠꼬리 뼈, 과일, 각종 먹을 것을 사 들고 거의 매일 아내와 아이들을 만나러 갔습니다. 꼬물거리는 두 아이가 얼마나 예쁜지 거의 하루도 빼놓지 않았습니다. 사실 아내는 임신 8개월 때쯤, 쌍둥이를 임신했다는 사실을 알고 며칠 동안이나 울며 지냈었습니다. 남들처럼 평범하지 않은 자신이 매우 슬프다고 느낀 모양입니다. 나중에 들은 얘기지만 여러 차례 언니들한테 전화해서 통곡하듯이 울었다고 합니다. 저는 "한 번에 두 아이를 만나게 된 것은 하늘이 우리에게 내려 주신 축복일 거야!"라며 적당히 아내를 달래곤 했었습니다.

산후조리를 끝낸 후 집에 돌아온 것은 약 한 달 후쯤이었습니다. 우리 집안은 아들만 넷이었는데, 위로 형님과 아래로 동생이 둘 있었으니 흔히들 말하는 오(五) 부잣집이었습니다. 먼저 결혼한 형님마저 연속해서 아들을 둘 낳았는데, 우리가 이란성 쌍둥이를 낳았으니 정말 오랜만에 집안에 여자아이가 태어난 것이었습니다. 부모님의 기쁨은 이루 말할 수 없이 컸고, 특히 첫 손녀에 대한 애정과 사랑은 지금까지도 변함이 없습니다. 예기치 않은 방법으로 효도를 하는 것 같았습니다.

그동안 같이 지내던 형님네 가족은 이미 분가를 하였고, 쌍둥이를 낳은 우리가 부모님과 함께 지내기로 하였습니다. 나중에 차례로 결혼한 동생들이 모두 두 딸의 아빠가 되었으나, 쌍둥이를 키워야 하는 우리가 계속해서 부모님을 모시게 되었습니다. 힘든 점도 있었으나(특히 아내가), 아들과 딸을 동시에 키우는 저로서는 뭔가 되게 복을 많이 받은 그런 느낌이 들었습니다. 우중충했던 젊은 시절, 좀 늦은 진학, 늦은 사회진출, 늦은 결혼 등으로 형제들보다, 또래 친구들보다 뒤처진 삶을 살고 있다는 생각이 항상 콤플렉스처럼 잠재하고 있었는데, 아이들이 동시에 태어남으로써 뭔가 보상을 받는 그런 기분이 들기도 한 시절이었습니다. 이란성 쌍둥이를 낳았다고 의도적으로 한껏 자랑스럽게 떠들고 다녔으니까요.

그때 저는 대학 졸업 후 약 4년간의 중소기업 전산실에 근무하다가 대기업으로 이직한 지 얼마 되지 않았을 때였습니다. 먼저 회사에서는 주로 컴퓨터 응용프로그램을 개발하는 일을 했었는데, 몇 년이 지나자 개발 업무는 줄어들기 시작했고, 이미 개발된 업무를 운영하는 일만 남게 되자, 새로운 영역을 공부하고자 하는 마음으로 이직을 하게 된 것이었습니다. 그 시절의 컴퓨터 전공자들은 자기에게 맞는 직장을 골라서 선택하고, 필요에 따라 이직하는데도 기회가 많았던 것 같습니다.

이직 후 새로운 환경에 적응하기 위하여 계획된 일보다도 더 많은 일을 했고, 새로운 사람들과 빨리 친해지기 위하여 일과 후 술 한잔하는 횟수도 많았을 때였습니다. 자연히 귀가 시간은 늦어졌고, 집에서 쌍둥이를 기르는 아내를 돕는 일은 등한시하게 되었습니다. 지금 생각해 보면 시부모님을 모시고 아이들까지 거의 혼자 돌봐야 했던 그 시절의 아내에게 진심으로 미안한 생각이 듭니다. 아마도 그때가 아내의 몸무게가 가장 적게 나가는 시절이 아닌가 생각됩니다.

어느 날 보니 처녀 시절의 아름답던 모습은 사라지고 바짝 마른 아주머니가 되어 있었습니다. 총각 시절, 키가 작고 왜소하다고 노골적으로 저를 밀어내던 아내를 끈질기게 따라 다니고는 했습니다. 그 사랑을 쟁취하지 못하면 죽을 것만 같았던 시절이 있었는데 말입니다. 지금은 몸과 마음이 모두 지쳐 있어서 그런지 그때 생각을 자주 하게 됩니다. 자세히 기억은 할 수 없지만 자질구레한 일로 수없이 다투어 왔던 과거가 모두 후회스럽습니다. 특히 태어나면서부터 아픈 아들을 둔 엄마의 고생스러운 아픔은 이루 말할 수 없이 컸을 것입니다. 나보다도 몇 배의 고통을 감내해 가며 살아온 인생일 겁니다.

　아이를 낳고 누워 있던 그 모습이 자꾸 떠오릅니다. 그 가녀린 허리와 가벼운 몸이 지금은 비록 뚱뚱해지고 흰 머리카락마저 생기기 시작했지만, 이제는 두 손 꼭 잡고 늙어가면서 그 보답을 다 해야겠습니다. 결국, 나 이외에는 아무도 없을 테니까요.

[1차 수술]

승리의 나팔소리와 함께 휠체어를 타고 나오는 아들의 모습에 순간적으로 울컥했습니다. 주위에 많은 사람이 있었지만, 후광을 받고 나오는 듯한 아들의 모습이 한 주먹 만큼이나 작지만 늠름하기까지 했습니다. 우선 목숨만은 살린 것 같아 안도하며 아들을 맞이하는 순간이었습니다. 같은 병실에서 유사한 병명으로 사투를 벌이다가 작은 주검이 되어 가는 것을 여러 차례 보았습니다. 응급상황으로, 우선 폐동맥 협착증을 해결하기 위한 수술과 몇 가지 잘못되어 있던 심장혈관 수술을 마치고 중환자실을 거쳐 일반병동으로 올라가는 날이었습니다.

태어난 지 11개월째

"일단 이번 수술은 잘 되었고요, 다음 수술은 경과를 봐 가면서 하도록 합시다."

급한 대로 시시각각 꺼져 가던 생명은 살려 놓았으나, 아주 중요한 본 수술이 남아 있다는 말씀이었습니다. 산후조리 후 어느 날, 퇴원할 때의 산부인과 의사 말대로 심장 전문병원을 찾았고, 심장 정밀검사 후 받은 결과는 "선천성 심장기형"이라는 진단이었습니다. 지체할 시간이 없다는 의사 선생님의 진단에 따라 목숨을 부지하기 위한 처절한 사투가 시작되었습니다. 거의 매일 한두 명씩 싸늘한 주검이 되어나가는 소아심장내과. 심장 기형을 갖고 태어나는 아이들이 이렇게 많을 줄은 정말 몰랐습니다.

여러 가지 검사 후 병동의 생활이 어느 정도 익숙해질 때쯤 수술 일정이 잡혔고, 그렇게 아들의 투병 생활이 시작되었습니다. 엄마는 정신을 잃고 쓰러져 또 다른 보살핌을 받는 사이에 수술실로 향한 아들. 그리고 대기……. 이날 수술할 환자는 모두 4명이었습니다. 수술이 끝난 환자 3명은 중환자실로 이동했는데, 저만 홀로 수술실 앞에 남아서 간호사가 불러 주길 기다리고 있었습니다.

'여섯 시간 정도 걸린다고 했는데…….'

적막함! 홀로 비닐봉지를 들고 깜깜한 수술실 앞 복도에 앉아 있었습니다. 이렇게 늦어지는데 아무 일도 능동적으로 할 수 없는 제가 더 초라하게 생각되었습니다. '뭔가 잘못되었구나.' 하는 생각이 머릿속을 어지럽히고 있었습니다. 수술실에 들어갔다가 다시는 병실로 돌아오지 못한 여러 명의 아기 모습이 내 머릿속을 어지럽히고 있을 때, 적막을 깨는 호출이 있었습니다. 9시간 만의 호출이었습니다. 수술이 끝나면 바로 중환자실로 가기 때문에 보호자들은 대부분 중환자실 앞에서 대기하고 있는 것이 보통이었는데 수술실로 급히 들어오라는 것이었습니다.

"다시 열어야겠습니다. 수술 후 봉합을 했는데 출혈이 멈추질 않습니다. 수술동의서를 다시 작성해 주셔야겠습니다."

매우 피곤해 보이는 담당 의사는 다급하게 이 말만 전하고 급히 등을 돌렸습니다. 레지던트의 설명과 함께 수술실 내에서 저는 몇 장의 동의서에 다시 서명해야 했습니다. 부름을 받아 들어간 수술실 내에는 예상보다 훨씬 수많은 의사와 간호사가 분주하게 움직이고 있었습니다. 그 사이로 언뜻, 주검이 되어 있는 듯한 아들의 모습이 보이고, 그 몸에 붙어 있는 많은 호스 그리고 이름 모를 수술 장비들, 아들 옆에 떡 하니 자리하고 있는 이상하게 생긴 기계장치가 보였습니다.

의사 선생님으로부터 갖은 위험스러운 사태의 가능성에 대하여 다시 듣기도 했습니다. 알았다는 듯이 형식적으로 고개를 끄덕이는 것 이외에는 아무것도 할 수 없었습니다. 이미 마음의 준비가 된 것인가? 레지던트의 지시에 따라 수술실을 나왔을 때는 정말 아무런 생각도 할 수 없는 명한 상태가 되어버렸습니다. 새벽녘이 되어서야 연락이 왔습니다.

"김하늘 님 수술 끝났습니다, 지금 중환자실로 옮깁니다. 보호자님은 환자 물건 준비해 주시기 바랍니다."

수술실 들어간 지 14시간 만이었습니다.

"수술 잘 되었습니다. 너무 걱정하지 마세요. 오래 걸렸지만 큰 문제 없을 겁니다."

수술을 집도한 흉부외과 서 교수님이 저를 찾아 얘기해 주었습니다. 밤을 꼬박 지새워 피곤해 보이기는 하지만 매우 결연한 말과 표정으로 저를 안심시켜 주었습니다. 다행히 재개복을 하고, 출혈의 원인을 빨리 찾아 수습을 잘 할 수 있었다고 했습니다. 수술실에 불려 들어가서 본 수많은 의사와 간호사 그리고 이상하게 생긴 그 기계들까지 모두가 고마웠습니다. 나중에 안 사실이지만, 그 수술실에는 다른 대학병원의 교수들과 학생들도 많이 참관하였기 때문에 그 숫자가 많았다고 들었습니다.

한동안 수술실 내에서의 그 광경이 뇌리에서 떠나지 않았습니다. 아니, 지금도 눈에 선합니다. 여러 가닥의 호스가 아들의 몸을 감싸고는 있었지만, 다행히 중환자실에서의 회복을 잘 견뎌 냈고, 일반 입원실로 올라가는 날이었습니다. 우연히 보게 된 같은 병실에 있던 재식이의 차트에는 아들과 꼭 같은 병명들이 적혀 있었습니다. 태어난 날도 아들과 거의 비슷한 시기였는데, 아들보다 이틀 먼저 수술한 재식이는 그 이후에 입원실로 다시 올라 오지 못했었습니다.

딸 셋을 낳고도, 시아버지의 강력한 권유로 인하여 낳게 된 아들이라 했습니다. 재식이 아버지에게 밖에서 여자를 다시 보더라도 아들은 꼭 나아야 한다는 믿지 못할 강압을 받고, 어렵게 낳은 아들이라고 했습니다. 그런 재식이는 하늘나라로 갔고, 병실에서 재식이의 짐을 정리하던 할아버지와 할머니의 통곡은 더 이상 인간의 소리가 아니었습니다. 특히 "내가 죽을 놈이야! 내가 죽을 놈이야!"라고 반복해서 외쳐대는 재식이 할아버지의 소리가.

'천만다행 아닌가! 우리 아들은 같은 병명이었는데도 살아났으니, 그리고 이젠 생명에는 지장이 없을 거라고 의사 선생님이 얘기해 주시니 이보다 더 좋은 일이 어디 있단 말인가?'

부천 ○○병원 소아심장내과, 전국에서 몰려오는 선천성 심장병 어린이들이 그리도 많을 줄은 미처 몰랐습니다. 그때, 나는 10여 명 넘는 어린아이들이 말도 배우기 전에 하늘나라로 가는 것을 보았습니다. 많은 신생아가 말도 배우기 전에 생을 마감한다는 사실도 그때 알았습니다. 건강한 아이를 낳는 것이 정말 커다란 축복이라는 것도 그때 알았습니다. 단지 그것이 축복인지 모르고 살아가고 있는 사람들이 대부분이지만

…….

   많이 어려울 것이라는 주치의의 사전 고지가 있었지만, 그런 가운데서, 아들이 저렇게 수술을 잘 이겨 내고 입원실로 올라갈 수 있다니, 신의 축복이 아들에게 내리지 않고서야 어찌 그리되었겠습니까? 이렇게 아들은 태어나면서부터 생과 사의 갈림길에서 투쟁할 수밖에 없었습니다. 아내와 저는 빚을 진 죄인의 심정으로 그를 바라볼 수밖에 없었습니다.

   살아나 준 아들이 그저 고마울 뿐이었습니다. 다행히 백일 잔치는 쌍둥이가 같이 맞이할 수 있었습니다.

[할 아 버 지]

    끊임없이 울어 대다가 잠시 흐느끼는 잠을 자는 딸을 가슴
에 안고, 운전하고 계시는 아버지의 뒷모습을 가만히 쳐다보
았습니다. 기업체에 근무하고 있었던 저는 회사와 병원을 교
대로 다니고 있었습니다. 주로 아침에 출근하여 근무를 하고
저녁에는 병원으로 가곤 했는데, 저 대신 아들과 아내를 병원
에 데리고 다니는 일은 온전히 아버님의 몫이었습니다. 저는
그때까지도 운전면허증이 없었지만, 아버지는 오래전부터 자
가용을 가지고 있었기 때문에 그 역할을 맡으신 것이었습니

다. 외래를 가야 하는 날이면 어머니가 집에서 딸을 돌보고 있었는데, 이번엔 수술 기간을 포함해서 꽤 장기간 집을 비워야 했기 때문에, 잠시 아이들 이모 집에 맡기기로 했었습니다. 어머니는 건강상의 이유로 장시간 아이를 돌보기에는 부적절하다고 생각돼서 내린 결론이었습니다.

아들이 퇴원하고 나서 그렇게 맡겨 놓은 딸을 다시 집으로 데리고 가는 길이었습니다. 약 보름 만에 다시 만난 딸은 할아버지와 저를 보더니 좀처럼 품에서 떨어지지 않으려고 했습니다. 조그마한 여자아이가 아빠 품에 착 달라붙어서 떨어지지 않으려고 하는 힘이 얼마나 강하던지 30년 가까이 지난 지금도 그날의 느낌이 생생합니다. 서울 근교 초등학교 교감으로 재직 중이던 동서는 관사에서 생활하고 있었습니다. 위생 상태가 일반 가정집보다는 조금 나쁘다는 것을 빼고는 여러 면에서 딸을 잠시 맡기기에는 괜찮은 편이었습니다. 특히 아내가 강력하게 원하기도 했었습니다. 처형 내외에게는 우리 아이들보다 몇 살씩 많은 두 딸과 아들이 있어서, 우리 딸을 잠시 맡기기에 가장 적절하다고 생각되었습니다. 바닷가에 접해 있던 마을은 작고 매우 아름다운 포구를 감싸고 있어서 그 후에도 가끔 놀러 가기도 했었습니다.

맡겨 놓고 돌아서는 할아버지와 저를 물끄러미 바라보며

뭔가 낌새를 알아차린 듯하긴 한데, 이모와 사촌들이 힘을 합쳐 꽤 빠른 시간에 안정을 시키고 떠나왔었습니다. 잘 돌보아 주셨을 이모가 괜히 민망스러울 정도로 울어 대는 바람에 제대로 인사도 못 한 채 급히 차에 태우고 가는 중이었습니다. 우리를 보자마자 터져 버린 울음이 그치지를 않았기 때문입니다. 한참 후, 잠이 들었는데도 흐느낌은 계속되었고, 그냥 원인 모를 나의 눈물 한 방울이 딸의 뺨에 툭 떨어졌습니다. 운전하고 계시는 아버님의 뒷모습에서 새삼 고마움이 느껴졌습니다. 선천성 심장 기형을 진단받은 이후 남태령에 자리한 방배동 전원마을에서 부천 세종병원까지의 짧지 않은 길을 수도 없이 손자와 며느리를 태우고 다니셨습니다.

강원도에서 태어나셨는데, 그 시대 자수성가의 전형을 보여 주시는 분이십니다. 일제 강점기에 전 재산이 모두 친일파에게 빼앗긴 집안에 태어나 모진 고생해 가면서 지금의 집안을 세워 놓으신 분이십니다. 고향에서 이장 집 딸을 납치하다시피 하여 외지로 가서 가정을 이루고 난 후, 다시 고향으로 돌아온 이야기를 처음 삼촌한테 들었을 땐, 그 어떤 소설보다도 흥미진진했습니다.

해방 후 그나마 찾게 된 일부 재산마저도 장자이셨던 큰아버지의 몫이었고, 끝에서 둘째와 막내였던 아버지와 삼촌의 어릴 적 고생 이야기는 눈물 없이는 들을 수 없는 드라마일 경우가 대부분이었습니다. 여러 명의 형제가 있었지만, 우리가 태어났을 무렵에는 중간 형제분들은 모두 6·25전쟁에 참전했다가 전사하시고, 첫째 큰아버지와 아버지, 삼촌, 그렇게 세분만 생존하여 계신 상태였습니다.

아버지와 나이 차이가 워낙 많았고, 평생 일다운 일 한번 하지 않으셨던 큰아버지는 정치 분야에서 얼쩡거리시다가 빛을 보지도 못하고 재산만 탕진한 후, 생의 마지막까지 무위도식 한 분이라고 들었습니다. 그래도 고향을 지키고 계셔서 제사를 지낼 때 가끔 아버지를 따라 가 본 본가는 너무나 정겨운 모습으로 남아 있습니다. 특히 제사상의 음식에 대한 추억은 그 시대를 살아온 아이들은 모두 알 수 있는 추억거리일 거라 생각됩니다. 아무런 경제적 도움이 없었지만, 아버지와 삼촌은 고향을 떠나 각각 객지에서 어느 정도 성공을 했다고 볼 수 있습니다. 아니 성공이라기보다는 치열한 인고의 세월에 대한 대가라는 편이 나을 듯싶습니다.

그 시절 모든 부모님이 그러하셨듯이 우리 아버지와 어머니 또한 아들 4명을 낳아 기르는 동안 정말 열심히 일하셨습니다. 비록 강원도 오지의 산골에 살고 있었지만, 꽤 부잣집 아들들인 양 우리를 키우셨습니다. 특히 아버지가 서울에 출장을 갔다 오면서 사 주신 물건 중, 스케이트나 자전거 등은 그 시절 모든 마을 아이의 부러움의 대상이 되곤 했었습니다. 아버지의 직장 여건 관계로 어릴 적에는 이사를 많이 다녔는데, 그런 물건들은 어딜 가든지 새로 이사한 동네 아이들의 관심을 끌 수 있는 최대의 무기가 되었습니다.

그러던 어느 날부터인가 아버지의 서울로 향하는 출장 횟수가 많아졌다 싶더니, 당신 일생일대의 중대한 결심을 하시게 됩니다. 당시에는 아주 좋은 직장 중에 속한다는 회사에 다니고 계셨는데, 막내가 어느 정도 자라고 내가 초등학교 4학년이 되던 해 어머니와 우리 4형제를 시골에 남겨두고 홀로 서울행을 감행하신 것이었습니다. 다니던 직장을 그만두시고 전 재산을 정리하여 서울에서 자리 잡고 연락하겠다는 말을 남긴 채. 1966년 봄이었습니다. 주로 탄광 지역으로 이사하며 살았던 우리는 서울로 올라오기 전에 영월이라는 마을에서 살고 있었습니다. 강원도 영월군 북면 마차리. 집안 사정상 어려서 교육을 많이 받지 못한 당신은, 당신의 아들들이 강원도 산골에서 자라는 것을 항상 못마땅하게 생각을 하시던 차에 정말 커다란 도전을 선택하신 것이었습니다.

그렇게 아버지가 서울로 가시고 나서 어머니와 우리 아들들만의 생활이 시작되었습니다. 우리 집은 흔히 시골집들 대부분이 그러하듯이, 산비탈 자락에 자리 잡고 있었고, 아름답고 작은 개울이 집 앞을 감싸 흐르고 있었으며, 집과 개울 사이에는 작은 밭이 있었는데, 겨울을 제외하고는 우리의 입으로 들어가는 식자재 대부분이 그 밭에서 생산되었다고 봐도 될 것입니다. 적어도 약 200평은 족히 되었으니까요. 동생들은 아직 어렸고, 형은 이미 중학생이라 여가 시간이 별로 없었기 때문에 그 밭을 일구는 것은 주로 어머니와 저의 일이었습니다. 이때의 경험이 60살이 넘은 지금 저의 은퇴 후 계획에 많은 영향을 주었다고 할 수 있습니다.

계절을 바꾸어 가며 심고, 가꾸고 했던 각종 채소류, 감자와 고구마, 배추와 무 등 20여 가지가 족히 넘었던 것 같고, 집 안에는 아버지가 만들어 놓으신 멋진 닭장이 있어 항상 10여 마리의 닭이 있었으며, 그들이 생산해 내는 달걀은 우리 가족의 단백질 섭취를 돕는 데 혁혁한 공을 세웠습니다. 또한, 그들은 가끔 자기를 희생하여 풍성한 밥상을 만드는 데 기여하기도 했습니다. 이들은 주로 저와 동생들이 집 앞 시내에서 잡아 오는 각종 물고기나, 개구리, 밭에서 잡아 오는 지렁이 등을 간식으로 먹고 항상 포동포동 살이 쪄 있었습니다. 기름기를 잘 먹지 못하던 그 시절에 우리 형제들이 튼튼하게 자랄 수 있도록 도와준 일등공신임이 틀림없습니다.

토끼도 몇 마리 있었는데 번식을 잘하여 이들 또한 우리의 훌륭한 양식이 되어 주었습니다. 토끼는 주로 겨울에 잡아먹었는데, 우리 가족 중에는 아무도 살아 있는 토끼를 잡을 수 있는 사람이 없어서 동네 아저씨에게 부탁하곤 했었습니다. 눈이 많이 오고, 정말 추운 겨울에 뜨끈한 토끼탕과 잘 익은 살점을 먹는 맛은 아직도 기억에 생생합니다.

다음 해 여름방학을 며칠 앞둔 어느 날, 학교에 갔다가 집에 와 보니 아버지의 옛 친구분이 여럿 오셔서 분주히 나무 궤짝을 만들고 계셨습니다. 이미 여러 차례 이사를 경험했었던 저는 '아! 이사를 하려나 보다!' 하고 직감적으로 알아차렸습니다. 갱도용 나무가 흔했던 시절이어서 이사할 짐을 보고, 적당한 크기와 양의 궤짝을 만들어 그 속에 이삿짐을 흔들리지 않도록 넣은 후, 회사에서 운영하던 GMC 트럭에 싣고 이사를 하는 것이 그 시절 우리의 이사 방식이었습니다. 며칠 후에 서울로 간다고 하였습니다. 아버지께서 우리를 맞이할 준비가 되신 것이었습니다.

7월 23일 여름방학을 하는 날, 어머니와 형은 기차로, 나와 두 동생은 GMC 트럭 가운데, 짐 사이에 마련된 안락한 자리에 앉아 서울로 향했습니다. 기차 푯값이 문제였을까? 그건 아직도 아버지에게 물어본 적이 없습니다. 왜 우리를 트럭 짐

칸에 태우고 왔는지를. 어쨌든 그날 저녁 우리는 서울에 도착하여 성공리에 가족 상봉을 하였고, 드디어 서울에서의 삶이 시작되었습니다. 첫날 기거했던 집은 먼저 서울에 올라와 왕십리에 살고 계시는 이모님 댁이었는데, 태어나서 처음 보는 너무나 으리으리한 집이었습니다. 게다가 태어나서 처음 보는 텔레비전에서는 사람이 나와서 노래를 부르고 있었으니 시골 촌놈의 눈에는 별천지에 와 있는 느낌이었습니다.

꼭 1년이 걸렸습니다. 1년 만에 우리 가족이 기거할 수 있는 집을 마련하시고 불러올리신 것이었습니다. 시골 재산을 정리하고 마련한 것은 그 시절 막 세상에 선을 보인 국산 택시 한 대였다고 했습니다. 한 사람을 고용해서 두 분이 교대로 운전을 하셨는데 아마 그것으로 인한 수입이 꽤 괜찮았던 모양입니다. 그것이 우리 가족의 생계를 책임지는 전부였지만, 서울에 온 지 3년 만에 그럴듯한 양옥집을 사서 이사를 할 수 있었으니.

고속도로가 완공되어 큰 회사로 전직을 하실 때까지는 그 택시 한 대로 조금도 쉴 틈 없이 일하셨습니다. 그 후에도 온전한 당신의 성실함으로 정년까지 얼마나 악착같이 일을 하셨는지 우리 4형제의 학비와 적어도 중산층의 생활을 하는 데 모자람이 없을 정도의 수입은 유지하셨던 것 같습니다. 그동안 얼마나 철저하게 절약하셨는지는, 나중에 우리가 성인이 되어서 들은 후에야 깨달을 수 있었습니다.

보통 그 시대에, 그렇게 자수성가하신 분들은 자기 자신의 행복이나 안녕을 위한 소비에는 매우 어설프기도 하지만 당신을 엄격하게 다스리는 습성을 가지고 계십니다. 아들들에게도 대학을 졸업할 때까지 기본적인 등록금 이외는 한 푼의 용돈도 용납하지 않으시던 분이었습니다. 어머니에게 건네는 작은 생활비를 축내는 일에 우리 형제들의 경쟁이 치열하기도 했었습니다. 그러나 손자에게만은 달랐습니다. 상상 이상으로 매우 인색하신 분이셨는데, 손자가 아픈 상태로 태어나 병원을 다니던 초기부터 많은 것을 헌신적으로 해 오고 계셨습니다. 제 아들은 정말 아빠보다 할아버지를 잘 만난 것이었습니다.

지방에서 상경하기로 마음을 먹으시면서 일찍이 술과 담배를 끊어 버리신 이후 지금까지 지키고 계시며, 30여 년 전 은퇴하시면서 시작된 전원생활과 하루도 빼놓지 않으시고 뒷산을 오르시는 아침 운동 덕에 지금도 매우 건강하신 것에 감사드립니다.

[희망]

145병동 소아심장내과

"다시 한번 검사를 해 봐야 하겠습니다. 과거 두 번의 개복 수술 때문에 심장과 그 주위가 유착되어 있어서 상태가 심각하게 보일 수 있으니, 만일 그것 때문에 상황이 악화된 것처럼 보인다면 이식까지는 해 볼 수 있을 것 같습니다."

아침 회진을 오신 고 교수님의 말씀이었습니다. '이것이 무슨 소리인가? 일말의 희망이 생겼다는 것인가?' 순간적으로 온몸의 신경세포가 긴장하는 것을 느꼈습니다. 심부전만은 아니기를 기도하던 얼마 전의 바람이 이제는 '심장이식이라도 가능할지도 모른다는 지푸라기가 생겼다는 얘기인가?'

요즈음 며칠 동안, 회진 오시는 담당 교수님의 말투에서 작은 희망이라도 찾아보려고 무던히도 애를 쓰고 있던 참이었습니다. 과거 두 번의 개복 수술로 인하여, 심장을 둘러싸고 있는 막이 장기와 유착되어 있는데, 그 유착된 막이 심장의 박동을 방해하여 지금의 상황을 최악의 상태로 보이게 할 수 있으니 다시 검사해 보자는 것이었습니다.

아들이 입원한 지 일주일이 지나가고 있었는데 상태는 급작스럽게 더 안 좋아지고 있었습니다. 혈압은 불규칙하고, 산소포화도가 일시적으로 낮아지는 현상이 생기기 시작했습니다. 맥박의 빈도는 수시로 불규칙해지기 시작했으며, 기침과 헛구역질이 심해져서 거의 아무것도 먹지 못하여 기진맥진해 있는 상태였습니다. 긴급한 심부전약과 부정맥을 막기 위한 약 등이 정맥주사로 투입되었고, 먹는 약의 양도 점점 늘어나기 시작했습니다. 가슴을 쥐어짜는 통증이 하루에도 여러 차례 오곤 했는데, 그럴 때마다 아들의 가슴을 부여안고 같이 호흡을 하곤 하였습니다. 코로 짧게 순간적으로 많이 들어 마시고, 입으로 길게 내뿜는 반복된 호흡을.

간호사들의 출입하는 빈도도 점점 늘어나고 있었습니다. 잘 먹지 못하니 몸무게도 매일 조금씩 빠지기 시작하고 있었고 입원할 때만 해도 걸어 다니며 검사도 받았고, 상태가 잠시 호전될 때면 웃으며 얘기까지 했는데. 그게 불과 열흘 전 정도였는데, 이제는 휠체어가 없으면 움직이지도 못하는 상태가 되어 버렸습니다. '이렇게 급작스럽게 악화되다니!' 아랫배부터 시작된 푸른 점들이 점차 온몸으로 번져 나가는 것은, 기침할 때 너무 심하게 힘이 들어가서 그런 것이라고 아들을 안심시키곤 했습니다. 실은 그 푸른 반점들은 죽음의 그림자였습니다.

아들과 아내가 잠이 든 새벽녘에 잠시 밖으로 나왔습니다. 흡연 구역으로 가서 담배를 한 대 얻어 물었습니다. 병원 내에는 담배를 파는 곳이 없었습니다. 머리가 핑 돌았습니다. 원래 담배는 끊지 못하고 계속 피우고 있었는데 며칠간 병원에 있으면서 살 기회가 없었습니다. 황망하기만 했습니다. 다시 생각해도 어떻게 이렇게 갑자기 위급상태가 됐는지 머릿속이 하얗게 되어 아무 생각이 나질 않았습니다. '아들이 만약 이 상태로 죽는다면?' 하는 생각이 문득문득 들지만, 그럴 때마다 머리를 세차게 흔들며, '미친놈, 내가 지금 무슨 생각을 하는 거야?' 하며 저 자신을 책망하곤 했습니다. 절대로 그런 일은 일어나지 않을 것이라는 강제적 다짐을 하고 있었습니다. 며칠 후, 회진 온 주치의 고 교수가 잠시 보자고 했습니다.

"아직 정확하지는 않으나 이식을 시도해 볼 수는 있을 것 같습니다. 예상한 바처럼 심장을 둘러싼 유착된 막이 원인인 것 같으니 심장이식수술만 하면 폐동맥의 수치는 정상적으로 돌아올 수도 있을 것 같습니다. 오늘 이식 센터에 가셔서 등록하도록 하세요."

'아! 아들의 죽음을 눈앞에 두고도 아무 일도 할 수 없었던 나에게 정말 하나님께서 아들을 살릴 수 있는 희망의 끈을 내려 주신 것인가?'

죽음을 앞둔 아들을 위해 무엇인가를 시도한다는 자체가 마치 이미 죽은 아이가 살아온 것처럼 마음을 들뜨게 했습니다. 그날 오후 이식 센터에 등록을 하였습니다.

"B형에 응급상태이고, 나이가 젊으니까, 아마 기증받는 순서가 빠를 겁니다."

심장 이식 센터에 있는 여자 교수님의 말씀에 더욱 힘을 얻어 바로 이 소식을 병실에 전했습니다. 이제는 기증자가 나타나기를 기도하는 것만 남은 것 같았습니다. 이식을 할 수 있는 상태임을 온 가족에게 알렸습니다. 부모님을 비롯한 온 가족이 모두 달려와 주었습니다. 가망이 없음을 얘기하고, 다시 연락할 때까지는 오지 말라고 했었기 때문입니다.

"병동을 이동해야겠습니다."

다음 날 아침 회진에서 담당 교수님이 말씀하셨습니다. 이식 전까지 소아심장내과보다 성인심장내과에서 관리를 받는 것이 좋으니 그렇게 하시겠다는 것이었습니다. 그리고 수술을 하게 된다면 기형 심장에 경험이 많은 소아 흉부외과 팀과 공동으로 수술할 예정이라고 하였습니다. 그러나 며칠이 지나도 성인심장내과로의 이동이 늦어지고 있었습니다. 같은 병원이라도 환자의 소속 변경에는 많은 절차가 필요한 듯했습니다. 특히 매우 위중한 상태의 아들이었기에 양쪽 전문의들의 면밀한 검토가 이루어지고, 서로 간 합의가 완전히 이루어진 후에야 변경이 허락되는 것 같았습니다.

또 그 며칠 사이에 아이의 상태는 더욱 악화되고 있었습니다. 담당 의사와 간호사들의 표정과 행동 또한 많은 변화를 느낄 수 있었습니다. 말은 하지 않았지만, 하루하루 악화되는 아들의 상태를 누구보다 더 잘 알고 있는 그들이었습니다. '인명은 재천이라 했거늘 이 상황을 의연하게 헤쳐나가도록 하자. 설령, 최악의 상황이 온다고 해도 나마저 흔들리면 안 되지.' 라고 다시 각오해 보았습니다. 면회자 휴게실에서 모든 가족이 모였습니다. 아버지께서 대표로 저와 아내를 위로하며 확신에 찬 용기를 북돋아 주셨습니다.

"하늘이는 두 번이나 하나님이 살려 주셨는데, 이번에도 잘될 거야. 그렇게 쉽게 갈 놈이 아니야."

수술 자체가 힘들다는 초기 진단에 모두 절망하고 있었으나, 작게나마 이식이라는 희망이 생겼으니 서로를 바라보는 눈길이 전과는 달라져 있었습니다. 더는 가망이 없다는 충격적인 소식을 듣고 바로 달려와서 슬픈 눈빛으로 돌아간 것이 엊그제였는데, 지금은 많은 말은 하지 않아도 그 눈빛들에서 알 수 있었습니다. 반드시 잘될 거라는 확신을 보내 주는 눈빛들이었습니다. 아버지께서는 면회 후 집으로 돌아가시기 전에 제게 잠시만 따로 보자고 하셨습니다.

"이럴 때일수록 너의 역할이 중요한 거 알지? 아들과 너의 아내 모두 너에게 의지하려고 하는 것이 당연한 거니까, 네가 정신을 바짝 차리고 중심을 잘 잡아라. 그리고 다른 걱정은 하지 말고 무조건 하늘이를 살리고 보자. 나도 있고, 형제들도 있으니."

하늘이 통장에 어느 정도 돈을 넣어 두었으니 저에게 잘 관리하라는 말씀도 해 주셨습니다. 저에게 주는 것이 아니라 손자에게 힘을 주기 위해 직접 전해 주신다고 하셨습니다. 뒤에서 가만히 계시던 어머니께서도 붉어진 눈시울로 내 손을 꼭 잡으셨습니다. 그래도 경제적으로 큰 고민 없이 이식과 수술을 진행할 수 있다는 것이 작은 위로는 되었습니다. 헤어지는 인사에 누워 있던 아들놈이 그래도 할아버지와 할머니를 향해 웃어 주려고 애를 썼습니다.

'그래 힘을 내 보자!'
'절대로 희망을 잃은 나약한 모습은 보이지 말자.'

다시 한번 깊이 다짐해 보았습니다. 아버지라는 위치에 대해서 처음으로 깊이 생각해 보게 되었습니다. 여느 평범한 가정에서 볼 수 있는 그러한 아버지 말고, 가족이 위기에 처했을 때 과연 가장으로서의 아버지는 어떠해야 하는가에 대하여 생각 또 생각해 보았습니다. "모든 것을 배제한 헌신!" 그것이었습니다. 아무런 이해타산 없이 한없이 순수해져야 하며, 무엇을 해야 하는지를 일깨워 주는 등대가 되는 것이었습니다. 그 후로 '힘들다'라는 단어는 제 사전에서 지워 버렸습니다.

아들이 집으로 퇴원을 하고, 맡겼던 딸도 찾아오고, 오랜
만에 온 가족이 다 모였습니다. 다행히 중환자실에서 입원실
로 올라간 후 회복이 잘되어 예상보다 일찍 퇴원할 수 있었습
니다. 마침 선천성 심장병 어린이 돕기 운동을 하고 있던 회사
로부터 치료비 일부와 함께 많은 선물도 받았습니다. 수시로
병문안을 온 직장동료들을 비롯해 주위에 온통 고마운 사람들
뿐이었습니다.

"정말 어려운 수술이었는데 아들이 잘 견뎌 주었습니다. 향후에 또 다른 수술이 있지만, 이번보다는 어렵지 않을 테니 너무 걱정하지 마세요."

이제 평생 만나야 하는 주치의께서 환한 얼굴로 마지막 회진 때 하신 말씀이었습니다. 아직 완전한 것은 아니지만 다음 수술까지는 많은 시간을 번 것입니다. 그 이후로 아들은 돌잔치를 치르고 무럭무럭 잘 자라나 주었습니다. 아이들이 점점 커가면서 이란성 쌍둥이의 형제 관계를 오빠-동생으로 결정하였던 그때, 제 결정을 여러 차례 후회하곤 했습니다. 아직 완전한 몸이 아니었던 아들은 거의 딸의 보살핌에 의지하면서 성장하였습니다. 그럴 바엔 누나-동생으로 하는 것이 훨씬 좋았을 뻔했는데 말입니다.

일차 수술은 하였으나, 아직 입술과 손톱 등의 부위가 푸르스름한 청색 증상은 그대로였고, 달리기와 같은 격한 운동은 전혀 하지 못하는 상태였기 때문에 초등학교 졸업할 때까지 둘이 같이 학교에 다니면서는 오롯이 딸이 보호자 역할을 하였습니다. 딸은 엄마를 대신하여 신통하게도 오빠를 지극정성으로 돌보아 주었고, 항상 힘이 없는 오빠의 방패막이가 되어 주었습니다. 언젠가 딱 한 번 "아빠, 나는 왜 오빠를 오빠라고 불러야 해? 학교에서 다른 애들이 이상하다고 그래." 하고 물었습니다. 아이들은 이란성 쌍둥이의 개념을 잘 이해하지 못하였던 것 같습니다. 하지만 기특한 딸은 자세한 설명을 듣고 난 후엔 다시는 그 질문은 하지 않았습니다.

기형이었던 심장은 주기적으로 외래를 다니긴 했어도 10년을 넘게 버텨 주었고, 외형적으로는 아무런 문제 없이 남들처럼 무럭무럭 잘 자라 주었습니다. 그래도 지금 생각하면 그 시절이 내 인생에 가장 행복한 때였던 것 같습니다.

아버지의 그 대단한 결심의 결과로 우리 사 형제는 모두 대학을 나오고 대기업에 다니고 있었습니다. 그리고 그때쯤엔 모두 간부급으로 직장생활을 하고 있었고, 서로 의가 워낙 좋아서 평범한 일상에서도 많은 일을 함께하곤 했습니다. 얼추 10여 년 동안이나 하계 휴가를 형제 식구 모두 같이 다닌 것 같습니다. 휴가지에서 만난 많은 사람이 여자 형제 식구들이 같이 다니는 경우는 많이 봤어도, 우리 같은 경우는 그리 많이 보지 못했다고 하는 걸 보면, 흔치는 않은 일이었나 봅니다. 처음엔 그 수가 적었지만, 나중에 동생들까지 모두 아이들을 낳은 후에는 한 식구에 4명씩 모두 16명으로 늘어났습니다. 승용차 4대에 각자의 식구들을 태우고, 깃발로 표시를 하고 전국 각지로 휴가를 가곤 했으니, 그런 얘기를 들을 만도 했습니다. 사업을 하여 대단한 경제력이 있는 것은 아니었지만, 우리를 서울로 데리고 오신 아버지의 계획은 일단 성공한 셈이 되었습니다.

또한, 순서대로 우리 집에 시집온 며느리들의 역할도 컸다고 볼 수 있습니다. 같은 성향으로 어울리긴 했어도 그들 나름대로 어려움이 있었을 텐데도, 크게 혹은 작게라도 자신을 희생한 측면이 있었을 텐데도 큰 갈등 없이 같이 움직여 주었습니다. 그 덕분에 사촌지간 아이들이 성장해서도 친형제처럼 서로를 위하는 사이가 된 것은 참으로 다행스러운 일 중 한 가지라 생각됩니다.

4형제로 태어난 우리 집안의 분위기는 어려서부터 딱딱하기 그지없었고 특별히 각종 운동을 좋아했던 형님의 영향으로 집안은 온통 스포츠 관련 도구로 가득 차 있었으며 대화의 종류도 그것의 범주를 크게 벗어나지 못하는 상태로 자라게 되었습니다. 그런 분위기에서 벗어날 수 있었던 것은 형수의 영향이 지대하다고 할 수 있습니다. 우리를 도련님이라 부르면서 차례차례 생일 선물을 해 주었던 기억으로부터 '아버님, 어머님' 하면서 시아버지 시어머님을 부르는 소리가 온 집안의 분위기를 바꾸어 놓았습니다. 지금도 잊히지 않는 색다른 경험이었습니다. 과거에 우리 가족끼리는 상상도 못 했던 일이었기 때문이었습니다.

　이렇듯 남자들끼리의 삭막함 속에 차례로 며느리들이 들어오면서 집안 문화 자체가 변하게 되었고 특히, 오랜 기간 남자밭에서 살아오셨던 어머니께서는 어쩔 줄 몰라 하시며 진심으로 좋아하셨습니다. 며느리들과 어울려 우리 집 남자들의 흉을 보는 뒷담화의 재미가 제법 쏠쏠하셨던 같았습니다. 우리 아들이 선천성 심장병을 갖고 태어났다는 사실이 집안 전체의 하나뿐인 우환거리이긴 했지만 그때만 해도 다시 건강해질 거라는 희망이 있었기에 그 누구도 슬퍼하거나 절망하지는 않았습니다. 이렇게 새로이 구성된 가족들은 다행히 모두가 여행을 좋아하였기 때문에 때를 불문하고 같이 어울려 전국에 좋다는 곳은 거의 섭렵했을 정도로 많이 돌아다녔습니다.

　사람은 어느 정도 살다 보면 과거를 돌아볼 기회가 종종 오곤 하는데, 그럴 때 그럴싸한 추억의 과거가 없다면 얼마나 삭막할까요? 나에게는 그 시절의 추억이 지금도 기억하기 좋은 인생의 황금기 중에 한 시절이었던 것만큼은 확실한 것 같습니다. 인생이라는 것에는 원래 아주 고약한 사이클이 존재하는 것 같습니다. 누구에게나 그런 시절이 다 있기는 하겠지만 그 시절을 잊지 않고 다시 돌아보면서 현재의 생활에 활력소로 활용하는 것은 매우 어려운 것 같습니다. 그만큼 현재의 생활이 항상 팍팍하다는 의미이겠지만, 그래도 요즈음은 그때를 생각하고 형제들과 얘기하면서 웃을 수 있어서 좋습니다.

한 인간이 생을 살아가면서 예기치 않은 불행에 직면할 수도 있고, 상상하지 못한 결과에 행복을 느낄 수도 있지만, 그와 같은 일들이 반복해서 나타나고 그 속에서 끙끙거리며 살아가는 것이 또한 인생이거니 하고 생각하는 것이 편한 것 같습니다. 그래야만 어려운 일들을 슬기롭게 넘길 수 있는 지혜가 떠 오르는 것 같고, 크고 작은 행복을 느끼는 것도 감사할 줄 아는 겸손함을 가질 수 있는 것 같습니다. 어려운 일을 당했을 때나 벅찬 행복을 맞이할 때 감사의 마음만 잊지 않는다면 정말 잘 살아가는 인생이라고 말하고 싶습니다.

완벽하지 않은 자신의 지적 결정에 일희일비하지 않는 것이 현명한 것 같습니다. 추억에 동참해 준 여러분들이 고마울 뿐입니다.

[두 번째 수술]

　　주치의 선생께서 서울의 대형병원으로 옮기시는 바람에
외래 다니기가 좀 편안해진 어느 날이었습니다.

　　"이제는 그동안 미뤘던 나머지 수술을 해야 할 때가 되었
네요."

　　아들의 외래에 동행을 했는데 주치의께서 말씀하셨습니
다. 가슴이 사르르 떨리는 것을 느끼면서도 담담하게 받아들

였습니다. 의사 선생님도 이번 수술은 중요하긴 해도 그리 위험하지는 않다고 하셨고, 이미 예정되어 있던 일이라고 각오를 하고 있었기에 그리 심각하게 받아들일 일은 아니었습니다. 그러나 수술을 앞둔 아들은 달랐습니다. 미처 철도 들기 전에 받은 1차 수술이 있었고, 그에 대한 기억이 어떤 식으로 남아 있는지 잘은 모르겠지만 매우 긴장하고 불안해하며, 신경질적인 모습을 보였습니다. 수술에 대한 강한 트라우마가 있는 것이었습니다.

아들에게 이번 수술은 별거 아니라고 반복해서 안심시키곤 했지만, 아들의 눈빛은 전혀 동의하지 않는 것 같았습니다. '그건 아빠의 생각이고!'라는 눈빛이었습니다. 그래도 입원을 하고 정해진 순서에 따라 검사를 거치고 수술이 진행되었습니다. 흔들리던 아들도 운명을 받아들인다는 듯이, 오롯이 자신의 몸을 의료진에게 맡겨 놓았습니다. 다행히 수술결과는 무척 좋았습니다.

"내일 퇴원해도 되겠습니다. 그리고 앞으로는 그동안 복용하던 약은 먹지 않아도 되겠습니다."

"약을 전혀 먹지 않아도 된다고요?"

전혀 믿기지 않는다는 듯이 제가 되물었습니다.

"네, 정상인과 마찬가지로 생활하고, 1~2년에 한 번씩 검사를 받으면 되겠습니다. 단지 이 판막은 영구 판막이 아니므로 일정 기간마다 한 번씩 교체해 주어야 합니다. 그건 외래를 다니면서 판단하도록 하죠."

상상하지 못한, 기적 같은 일이 나타난 것입니다. 아들이 운이 정말 좋은 것 같았습니다. 그동안 의술이 발달하여 인공 판막으로도 십수 년을 버틸 수 있고, 얼마 안 있어 개발될 영구 판막으로 교체하면 정상인과 다름없을 것이라는 주치의의 추가적인 설명이 있었습니다.

'약을 먹지 않아도 된다고?'

2차 수술 후에는 외관상으로 보이던 입술과 손톱 밑의 청색 증상마저 완전히 사라졌습니다. 아들도 입원하여 수술받는 것을 힘들어 하기는 했지만, 변화된 자신의 모습에 매우 기뻐하였습니다.

퇴원하여 집에 돌아온 날 저녁, 10여 년간 식탁 한편을 차지하고 있던 먹다 남은 약들을 모두 쓰레기통에 던져 버렸습니다. 그날 저녁 식사 후 아들의 퇴원을 축하하며 이야기꽃을 피우고 있을 무렵, 저는 조용히 홀로 집 밖으로 나와 가만히 하늘을 봤습니다. 어둠이 짙게 깔린 남태령의 하늘이 그토록 아름다울 수 없었습니다. 하나님에게 감사하며 마음속으로나마 아주 커다란 목소리로 기도하고 있었습니다.

'가슴을 두 번 열었습니다. 그런데 이제 약을 먹지 않아도 된다고 합니다. 부디 하나님의 인도로 앞으로 큰 쓰임이 될 수 있는 아들이 되게 하옵소서.'

얼굴에는 스르르 눈물이 흘러내리고 있었습니다. 굉장히 오랜만에 혼자 흘려 보는 기쁨의 눈물이었습니다. 깊이 내리깔린 어둠은 더 이상 어두운 어둠이 아니었습니다. 하늘에서 빛나는 별빛과 이웃집에서 새어 나오는 불빛, 어스름하게 비치는 가로등 불빛이 모두 그 어둠을 이겨 내고 승리한 빛들이 휘둘러 추는 춤의 향연 같았습니다. 그날부터는 한동안 환자라는 개념을 잊고 지낸 것 같습니다.

다음 해 체육대회를 하던 날, 달리기에서 드디어 한 명을 제쳤다는 사건은 아주 작은 보너스 같은 소식이었고, 동네 운동장에 나가서 나와 함께 축구를 하며 뛰어다닐 때면, 뒤뚱거리며 뛰던 얼마 전의 모습이 언뜻언뜻 떠올라 쓴웃음을 짓곤 했었습니다. 가슴에 난 커다란 수술 자국이 창피해서인지 남들 앞에서 상체를 모두 벗지 않는 것 빼고는, 크고 작은 감동의 이야기들로 이루어진 성장기를 맞이하고 있었습니다. 딸 또한 예쁜 숙녀로 잘 자라 주었습니다.

"많이 싸울 겁니다. 저도 애 키울 때 그랬으니까요."

처음 경력 사원 오리엔테이션에서 이란성 쌍둥이를 낳았다는 소식을 전해 들은 날, 아직은 서먹한 사이였던 한 입사 동료가 나에게 다가와 축하를 하면서 해 준 말이었습니다. 이상하게 그 말이 항상 나의 뇌리 한쪽에 남아 있었는데, 다행히 우리 아이들은 그렇지 않았습니다. 아마도 한 아이가 아팠기 때문인 것 같습니다. 아픈 오빠의 존재가 그로 하여금 매우 강한 자립성을 키워 준 것 같았습니다. 상대적으로 오빠에게 향하는 엄마, 아빠의 관심에도 투정 한번 부리지 않고 스스로 잘 커 준 딸에게는 커다란 고마움과 미안함이 항상 느껴집니다. 특히 엄마의 입장에서는 지금도 그와 같은 일들을 생각할 때면 조용히 눈물을 흘리곤 합니다.

[처절한 투병]

드디어 병동을 이동하기로 결정했고, 침대째로 이동하였습니다. 이제는 휠체어를 이용한 이동도 어려울 정도로 많이 쇠약해진 상태였습니다.

143동 심장내과

이 병동의 분위기는 전과는 사뭇 달랐습니다. 소아 심장내과 간호사들은 어린이들을 다루기 때문에 그런지 작고 가냘픈

이들이 대부분이었다면, 이곳 간호사들은 덩치가 좀 더 크고, 좀 더 전문적인 기술들을 보유한 것 같은 인상이었으며, 뭔가 더 단호하며 거친 성격들을 갖고 있을 것이라는 생각이 들었습니다. 물론 얼마 되지 않아 그러한 생각은 제 기우였다는 것으로 판명이 났지만, 새로운 환경과 막연한 미래에 대한 두려움이 그런 착각을 하게 만들었던 것 같았습니다. 가느다랗게 남아 있던 아들의 숨소리와 같이 뒹굴며, 같이 호흡해 준 진정 우리들의 천사들이었으니까요.

병실 환우의 양상도 판이했습니다. 대부분이 어린이였던 전 병동과는 달리 이곳에선 아들이 가장 어린 편에 속했습니다. 대부분이 여러 달 동안 심장 기증자가 나타나기를 기다리면서 대기하고 있는 나이 많은 환자들이었습니다. 우리에게는 매우 생소한 환경이었습니다. 생명을 연장해 주던 주사약들도 차례로 변경되었습니다. 정맥주사 약의 종류도 늘어났고, 투입량을 수시로 변경해 가며 아들의 한 호흡, 한 호흡을 지켜보시는 바뀐 주치의의 표정을 주시하며 변화에 대한 긴장감이 점차 증가함을 느낄 수 있었습니다.

초기에는 여러 명의 환자와 같이 한 병실에 있었으나, 아들의 상태가 악화되면서 1인실로 옮길 수밖에 없었습니다. 주위 대부분의 환우는 심장 기증을 기다리며 하루하루를 지탱해

가고 있는 분들이었는데, 이상하리만큼 근래에 기증자가 나타나지 않아 모두 초조한 상태였습니다. 서로를 위로하며 길게는 5~6개월 동안, 짧게는 2~3개월 동안 기다리고 있는 분들입니다. 아들의 상태가 그들의 기다림에 지친 지난한 생활에 지장을 줄 정도였기 때문이었습니다. 그래도 우리의 눈에는 그들이 마냥 부러워 보였습니다. 적어도 그들은 정상적으로 식사를 하는가 하면, 본인 스스로 운동을 해 가면서 기다리고 있었으나, 아들은 그런 평범한 행동마저 전혀 할 수 없었기 때문입니다. 점점 더 먹지를 못하고, 의료진에서 조차 도움을 줄 방법이 더는 없다고 하니 안타까움만 더해 가고 있었습니다.

"불현듯 뭔가가 먹고 싶은 것이 있을 수도 있으니 병실에 여러 가지 먹을거리를 준비해 놓는 것이 좋을 것 같아요."

자신의 첫 임신과 함께 찾아왔던 고약한 입덧을 아주 어렵게 극복했던 경험을 얘기해 주며, 보기에도 경험이 많을 듯한 수간호사의 제안이었습니다. 주치의, 담당 의사, 간호사들, 소화기 내과 의사, 비뇨기과 의사, 정신과 의사, 영양학 의사 등 많은 사람이 아들의 취식을 위한 노력을 했지만 모두 허사로 돌아가고 말았습니다. 물만 먹어도 모두 토하고 마는 상태가 지속되다 보니, 입원할 때 68kg이던 몸무게가 50kg대 초반까지 빠져 버렸습니다. 이러다가는 이식할 심장이 나오기도 전에 굶어서 죽을 것 같았습니다. 주사로 영양분을 주입하는 것도 심장에 무리가 가기 때문에 엄격하게 금지를 하고 있었으므로 입으로 먹는 법을 찾는 것 이외에는 방법이 없었습니다.

그리하여 병실에는 항상 족히 20여 가지가 넘는 각종 먹을거리가 진열되어 있었습니다. 영양음료들, 미음 종류, 죽 종류, 과일류, 과자류 등이 주류를 이루고 있었습니다. 하루에도 수십 번씩 병원 지하에 있는 가게를 오르락내리락 했습니다. 대부분 유통기한이 만료되어 쓰레기통에 들어가고 말았지만 어쩔 수가 없었습니다. 토할 땐 토하더라도 부단히 먹기를 시도해야 했기 때문입니다.

때때로 찾아오는 심한 심부전 증상으로 인한 극심한 가슴의 통증을 가까스로 이겨 내고, 한숨 돌리며 마시는 한 모금의 음료수, 곧이어 찾아오는 자지러지는 듯한 헛구역질의 반복과 질러대는 괴성, 때가 되면 해야 하는 정맥주사 약이 들어가는 호스 교체, 늘어가는 복수를 조절하기 위한 이뇨제와의 전쟁, 이러한 일들이 반복되는 일과의 전부였습니다.

의학적 지식은 전혀 없지만, 이뇨제를 투입하고도 예정된 시간에 소변을 보지 못하면 어김없이 찾아오는 심한 부정맥 현상, 떨어지는 혈압과 산소포화도 그리고 나타나는 통증. 그때마다 아들의 가슴을 제 가슴으로 감싸 안고 외치는 호흡 박자 소리의 빈도도 자꾸 늘어만 갔습니다. 마약처럼 투입되는 약의 양도 자꾸 늘어나고, 심장이 버틸 수 있는 한계점에 한 발자국씩 가까이 다가가고 있는 것 같았습니다.

20kg 이상 빠진 몸무게로 인하여 아들의 모습은 점점 작아지고 있었습니다. 배꼽 주위부터 시작된 검푸른 반점의 출현이 배와 가슴 전체로 확산되어서 더욱더 작아져 보이게 하고 있었습니다. 주위에 다른 환자들에게서는 볼 수 없는 현상이었습니다. 아들은 무의식적으로 힘없는 손바닥으로 그 부위를 자꾸만 닦아 봅니다. 그때는 한마디 말할 힘도 없어 보였습니다. 다가오는 죽음의 그림자를 밀어내 보려는 행동 같았습니다. 언제 기증자가 나타났다면서 울릴지 모르는 전화를 하염없이 기다리며 하루하루를 버티는 것만이 제가 할 수 있는 모든 일이었습니다.

이제는 남은 것은 기도뿐이라고 생각되었습니다. 이미 여러 번 해 봤지만 아들과 함께했던 과거를 회상해 보았습니다. 이젠 거의 매일 해 보는 것이 습관이 되었습니다. 그거라도 해야 시간이 가는 것 같았습니다. 그즈음에는 딸이 가능한 한 오빠 곁에서 많은 시간을 보내고 있었습니다. 회사 일을 마치고 나면 곧바로 달려와서 오빠 곁을 지키고 있는 것이었습니다. 힘드니 일찍 집으로 가라고 해도 막차 시간이 되어야 자리를 일어나곤 했습니다.

태어나면서부터 병원에 다니기 시작한 아들은 저와 아내가 보기에는 매사에 적극성이 부족했습니다. 학교에 들어가기 전에는 아픈 몸 때문에 힘이 없어 그런 것이라고 생각했는데, 초등학교에 입학하고 학업적인 면에서도 진득하게 한자리에 앉아 공부하는 끈기가 없었습니다. 대신 그의 손에는 항상 책이 들려 있었고, 시와 때를 가리지 않고 무엇인가를 읽고 있었습니다. 중학교까지 두 번의 수술 과정을 거치면서 정상인과 같은 건강을 유지하고 있었는데도 전혀 변화의 여지가 없었습니다. 중요한 시험 기간인데도 책상에 앉아 공부하기는커녕 자기가 보고 싶은 책을 읽고 있을 정도였습니다. 학창 시절, 벼락치기 공부라도 하던 저로서는 여러 차례 아들을 변화시키기 위해 노력해 보았지만 번번이 실패하고 말았습니다.

학교 성적이 좋지 않아도 잘 살아갈 수 있으니, 자신의 미래에 대해서는 걱정하지 말라는 너무나도 느긋한 태도에 두 손 두 발 다 들고 말았었습니다. 결국, 아들에게 포섭당한 저와 그래도 아들을 사회적 틀 안에서 번듯하게 키우려고 노력하는 아내 간의 잔잔한 싸움만을 남기며 살아가고 있었습니다. 아내와 저의 생각 차이가 큰 논쟁으로까지 번지지 않았던 것은 그래도 아들에게는 건강이 무엇보다도 우선이었기 때문이었던 같습니다.

반면, 딸은 전혀 다른 생활 태도를 갖고 있었습니다. 무슨 일에서나 솔선수범하였고, 공부도 열심히 하였으며, 특히 오빠에게는 성심성의를 다해서 도와주는 착한 아이로 자라났습니다. 고등학교를 수석으로 졸업하고, 일류대학에 상반기 수시입학 함으로써 일찌감치 부모의 걱정을 덜어 주는 더할 나위 없는 착한 딸로 성장해 주었습니다. 아들과 딸 모두 약 1년 정도씩 외국에 다녀왔는데, 딸은 어학 공부를 하겠다며 미국을 다녀온 반면, 아들은 선교 활동 및 어학연수를 핑계 삼아 필리핀에 다녀왔습니다. 어느 것이 그들의 미래에 도움이 될지는 잘 모르지만, 서로 추구하는 바가 다른 것은 확실했었습니다. 저는 딸에게 미안한 마음을 갖고 있습니다. 그들이 자라오면서 모든 것의 우선순위는 항상 아들에게 있었기 때문입니다. 아내도 나와 같은 생각일 겁니다. 그래도 아무런 불평 없이 자기에게 맡겨진 일들을 꿋꿋하게 이루어온 딸이 정말 대견스럽습니다. 얼마 후 시집을 보낼 때 많이 울 것 같아서 벌써 걱정이 됩니다.

그들의 어릴 적 친구들은 다 같은 친구들입니다. 가끔 친구들이 집에 놀러 와서는 서로가 "야, 야!" 해 가면서 남녀 구분 없이 노는 것을 보면 너무나도 정답게 느껴집니다. 어려서 아버지의 직장 관계로 여러 곳을 옮겨 다니느라 초등학교를 네 군데나 다닌 저에게는 불행하게도 초등학교 친구가 한 명도 없습니다. 친구 찾기 프로그램이 유행하던 시절에는 그들이 매우 부러웠던 적도 있었습니다. 그래서 가능하면 아이들이 오랫동안 같은 동네에 있기를 바라는 마음이 자리 잡고 있었고, 아내도 그와 같은 제 생각을 흔쾌히 받아들이고 동조해 주었습니다. 성인이 된 지금도 친한 친구들이 우리 집에 자주 찾아오는 것을 보는 것은 지금도 뿌듯한 광경 중 하나입니다. 그리고 그들이 그렇게 고마울 수가 없습니다.

아들과 딸 사이에는 이해가 가지 않는 것이 한 가지 있습니다. 무슨 일에서건 간에 항상 질문은 딸이 오빠에게 한다는 것입니다. 그러한 사실을 우연히 발견하고 나서 유심히 오랫동안 살펴보았지만, 이야기의 주제에 관계 없이 항상 질문은 딸이 하고 오빠는 자상하게 설명해 주는 것이었습니다. 신기하기도 하여 한번은 둘에게 물어봤습니다.

"쟤는 공부하는 게 취미지만, 나는 책 읽는 게 취미잖아!"

이것이 아들이 당당히 내뱉는 대답이었습니다. 딸도 그렇게 부정하지는 않았습니다. 지금은 대기업에 취직하여 열심히 근무하고 있는 딸이 우리 집의 대들보입니다. 아직은 구체적인 결혼 계획은 없지만, 남자친구는 만나고 있는 것 같습니다. '아들한테 내 딸 같은 동생이 곁에 없었으면 어땠을까?' 하고 가끔 생각해 보곤 합니다. '우리 부부도 그렇지만 아들 또한 쓸쓸하기 그지없는 투병 생활을 하지 않았을까?'라는 상상을 해보면 불행 중에서도 정말 다행이라는 생각이 들었습니다.

부모와의 교감과 둘 사이의 교감에는 분명히 차이가 있는 것 같았습니다. 신경이 예민해져 있을 때도 아직 동생과의 대화 중에 화를 내는 아들의 모습을 한 번도 본 적이 없습니다. 이란성 쌍둥이인 그들의 어디엔가는 우리가 모르는 공감대가 있는 것 같았습니다. 저와 아내가 듣지 못하는 많은 얘기를 둘이서 하곤 했습니다. 완전히 지우지 못한 딸의 뺨에서 어리는 눈물의 흔적이 점점 자주 보이고 있었습니다.

[깊은 가을]

아침부터 간호사들이 어수선하게 움직이는 것이 뭔가 다른 느낌입니다. 전에 아들과 같이 다인실에 있었던 칠십이 훌쩍 넘은 정 선생에게 심장이 기증되어, 오늘 수술을 한다고 합니다. 수술을 기다리는 정 선생의 얼굴에 웃음꽃이 활짝 피어 있습니다. 그동안 간호하시던 아주머니 또한 어떻게 아셨는지, 기증받은 심장이 20대 젊은이의 것이라면서 기뻐 어쩔 줄 모르고 있었습니다. 그를 쳐다보는 우리는 모두 부러움의 시선을 보냈지만, 마음속으로는 같은 생각을 했을 것입니다. 입원한 지 5개월 만에 신의 선택을 받았다고. 진정 이 일은 인간의 힘으로 이루어지는 일이 아닌 것은 분명한 것 같았습니다.

무슨 사고에선가 뇌사자가 발생을 하고, 그의 심장이 건강하고, 사고 이전에 장기이식을 허락하였거나 그의 보호자로부터 새로운 허락을 받고, 수혜자와 모든 조건이 맞아서 이식수술에 이어지기까지의 인연은 인간의 힘만으로는 가능하다고 볼 수는 없었습니다. 병실의 모든 이들이 이러한 인연을 기도하며 기다리고 있었습니다.

약 일주일 후 초록색 가운을 걸친 정 선생이 걸어서 인사를 왔을 때, 이미 그는 환자가 아니었습니다. 또 다른 생명을 맞이한 거룩한 성공자의 모습이었습니다. 이식 수술을 하고, 특별한 다른 문제가 없다면 중환자실의 회복을 거쳐 일주일 정도면 건강을 되찾을 것입니다. 그렇게 되면 본인의 두 다리로 걸어 다닐 수 있겠다는 생각을 하자니 많이 부러웠습니다. 그리고 환하게 변한 그의 얼굴에서 우리도 희망을 다짐해 보았습니다. 병실 옆자리에 있던 박 씨 아저씨도 다음 차례는 본인일 것이라고 한껏 희망찬 표정을 지어 봅니다. 그분도 이식을 기다리고 있는지 7개월을 넘기고 있었습니다.

"이상하게 올해에는 기증자가 많지 않아요. 그래도 이렇게 시작만 되면 쭉 이어지는 경향이 있어요."

간호사의 지나가면서 툭 내뱉은 듯한 말은 주위에 있던 모든 이들의 희망을 한층 더 북돋아 주었습니다. 한여름 푹푹 찌는 휴가철이나, 명절을 맞이하여 대규모 인구 이동이 있을 때, 한겨울 동안 위험한 동계 스포츠가 성행할 때, 기타 연휴가 길 때 기증자가 많이 나타난다고 하는 것을 나중에야 알았습니다.

'누군가가 죽어야 또 다른 누군가가 새 생명을 얻을 수 있다니. 이 무슨 역설적인 말인가? 이왕 죽을 몸이니 기증을 하는 것이 좀 더 거룩하고 훌륭한 가치가 있다는 말로만 이해해도 된다는 것인가?'

장기기증이라는 숭고한 행위에 대하여 다시 한번 많은 생각을 하게 되었습니다. 기증자의 가족들 또한 그 정도의 차이는 있지만, 오랫동안 고통의 멍에에서 헤어나지 못한다고 들었습니다. 특히 심장은 생명 그 자체이기 때문에 수혜자에게서 기증자의 생명을 느낀다고 들었습니다. 살려야 하는 아들이 있기에 기증자가 빨리 나타나길 기도하는 것이 이기적인 생각일까요? 사실 이 문제에 대해서는 아직도 결론을 내리지 못했습니다. 시간이 더 지나기 전에 받아야 하는 수혜자는 그가 누구인지 모릅니다. 특별한 경우 서로 아는 사이가 되는 짝도 있다고 듣기는 했는데, 서로 모르는 것이 최소한의 도덕적 사슬에서 벗어날 수 있는 자위의 방안 중 하나가 아닌가 생각되었습니다. 옳고 그름의 문제가 아니라 신의 영역이라고 아직은 미루어 놓아야겠습니다.

그즈음 아들의 상체에는 푸른 점들이 무수히 많아져서 언뜻 보면 진한 자주색의 가죽을 두르고 있는 것 같았습니다. 수많았던 병실 내의 먹을거리도 거의 찾아볼 수가 없습니다. 병원에서 나오는 밥은 중단한 지 오래되었습니다. 투입 약물들의 수치는 점점 더 한계치를 향해 상승하고 있었고, 아내와 저는 거의 풀린 동공으로 매일 간호를 하고 있었습니다.

입원했을 때부터 아내는 최소한의 움직임을 제외하고는 한시도 병실의 아들 곁을 떠나지 않고 있었습니다. 병실 외부로 움직여야 하는 일들, 주로 병원 지하에 있는 상점에 들러 먹을거리를 사는 일과, 그때그때 필요한 의료품을 사는 일이지만, 그러한 일들은 온전히 제가 하고 있었습니다. 모든 일이 자기의 탓이라고 자책하고 있는 아내도 걱정이 이만저만 아니었습니다. 그나마 이틀이 멀다고 갖가지 음식을 해 나르는 처형에게 많은 의지를 하는 것이 다행이었습니다.

벌써 아침저녁으로 선선한 바람이 부는 것을 보니 한여름이 지나가고 있는 것 같았습니다. 그동안 입원하고 있었는데도 기증자가 나타나지 않아 먼저 하늘나라로 간 분들도 여러 명이 되었습니다. 이식을 받고 퇴원을 하였으나 무엇인가 잘못되어 재입원 후 회복을 하지 못하고 저세상으로 가신 분도 있었습니다. 아주 지독히도 지난한 시간이 흐르는 중이었습니다.

아들의 기력이 극도로 쇠잔해지고 아내의 말수가 현저히 떨어지면서 혼자 생각하는 시간이 많아졌습니다. 조용히 병실을 나와 흐르는 강물이 보이는 휴게실을 찾는 횟수가 늘어났습니다. 삶과 죽음의 중간 즈음에 있는 것 같은 아들을 생각하며, 누구에게도 보일 수 없었던 한 방울의 눈물도 조용히 흘려보았습니다. 병원 내에서 여러 차례 남들의 죽음을 겪다 보면 뭔가 면역이 되는 듯한 생각도 들곤 했었습니다. 인간이란 참 묘하다는 생각도 해 보았습니다. '죽음이 곧 슬픔이고, 삶은 곧 행복인가?'라는 생각도 해 보았습니다.

살아있을 때 겪어야 하는 이러한 불행은 죽음이 좋은지, 삶이 좋은지 헷갈리게 하는 적도 있었습니다. 그리고 보면 인생 자체가 고행인가 봅니다. 불행을 맞이한 보잘것없는 한 인간은 그저 놓인 사회적 울타리 안에서 진행되는 일반적 도덕성에 편승하는 길 밖에는 별로 할 수 있는 일이 없는 것 같습니다. 나중에 최선을 다했다는 위안만이라도 얻기 위해서 몸부림치는 일밖에는 할 일이 별로 없는 것 같았습니다. 한없이 작고 초라해지는 저를 느끼며 그래도 하루하루가 가고 있었습니다.

[실랑이]

아내와 아들 사이에 작은 실랑이가 있었습니다. 길게 자란 머리를 빡빡 깎아 버리겠다는 아들과 그래도 아들의 멋진 모습을 계속 간직하고 있기를 원했던 아내 사이에 일어난 의견 충돌이었습니다. 저의 중재와 아들의 의견을 존중해서 결국 머리카락을 완전히 밀어 버렸습니다. 적당히 길렀던 머리카락과 구레나룻을 없애고 나니, 앙상한 몰골이 더 선명해지며, 왠지 환자의 티가 더 나는 것 같았습니다. 그 모습을 보는 아내의 표정은 어쩔 수 없는 포기 속에서 남아 있는 미련이 고스란

히 나타나고 있었습니다. 마음에 들지 않는다는 내색을 참아
내느라 매우 힘들어 보였습니다.

　25년 전 1차 수술을 할 때 정신을 잃어 아들이 수술실로
들어가는 것도 보지 못한 아내는 이번에는 그러하지 않으리라
단단히 마음먹고 한시도 곁을 떠나지 않고 있었습니다. 언제
기증자가 나타나서 수술할지 아무도 모르기 때문이었습니다.
아들을 가장 사랑하는 사람은 아마도 아내일 것입니다. 엄마
니까요. 제가 아들의 설득에 넘어가서 그의 미래를 자유롭게
살아 보라고 인정하였을 때도, 아내는 한동안 절대로 인정하
지 않았습니다. 누구보다도 훌륭한 사람으로 키우고 싶은 생
각이었을 겁니다. 그 문제에 대해서는 절대로 타협을 하지 않
았습니다. 아마 한때, 저와 가장 많이 다툰 이유일 것입니다.
특히 딸과 비교를 해 가며 공부하라고 윽박지를 땐, 옆에서 보
는 제가 화가 날 정도였습니다. 대한민국의 엄마들이 대부분
그렇다 하여도, 그 정도가 심하다고 느낄 때가 많았습니다. 이
젠 그런 아내의 얼굴에서 그 기세는 사라지고 없었습니다. 거
의 무감각한 심정으로 당장 앞에 놓인 일들만을 기계처럼 행
하고 있었습니다.

　아내는 7명의 남매 중 막내로 태어났습니다. 언니, 오빠들
의 사랑을 듬뿍 받으며 자라난 탓에 조금은 고집이 센 편입니

다. 자기 뜻대로 일이 풀리지 않으면 짜증을 많이 내는 편이기도 합니다. 그래도 다행히 종교 생활을 하면서 그 마음이 많이 다스려지는 것 같았습니다. 제가 스스로 사랑하고 적극적으로 프러포즈하여서 저의 아내가 된 사람입니다. 평생 지켜 줘야 할 사람입니다. 가끔, 속아서 결혼했다고 툴툴대지만 저를 끔찍하게 사랑하는 사람입니다. 아들의 아픔을 가슴에 안고 살아가는 가여운 사람입니다.

대부분의 엄마가 그렇듯이, 아들이 성장하면서 아들에게 지고 마는 그런 엄마입니다. 아들에게 모진 얘기를 듣고 마음 아파하는 엄마입니다. 무던히도 자랑스러운 아들을 만들기 위해 노력하였건만, 이제 죽음을 앞둔 아들 앞에서 한없이 작아져 있는 엄마였습니다. 지금은 젖은 수건으로 아들의 몸을 닦아 주는 것이 하는 일의 전부지만 스치는 손끝에서는 피눈물이 묻어 나오는 것 같았습니다. 무표정인 얼굴에서는 무언가 비장함마저 비치지만 언뜻언뜻 아들의 눈을 마주할 때면 찰나적인 웃음을 띠기 위해 부단히 노력하는 것이 보였습니다.

얼마 전까지만 해도 사소한 일로 토닥거리며 자신들의 의견을 고집하며 다투었는데, 이제는 기어들어 가는 아들의 요구를 묵묵히 따를 뿐이었습니다. 아들을 살리는 길만이 저리 처절한 아내를 살리는 길인 것 같았습니다. 문득 아내와 아들이 티격태격 싸우는 소리가 다시 듣고 싶은 밤이 속절없이 지나가고 있었습니다.

[갈림길]

얼마 전까지만 해도 삭발 문제로 엄마에게 자기 의사를 강하게 주장할 수 있었는데, 이제는 할아버지와 할머니가 면회를 와도 대화를 할 수 없는 상태가 되었습니다. 어떤 말로도 서로에게 위로가 되지 않아 그저 흐르는 눈물로 대화를 대신하고 맙니다. 울지 않는 사람은 저뿐이었습니다.

"뭔가 변동 사항이 있으면 연락을 드릴 테니 이제 오지 마세요."

겨우 한다는 말이 이것이 전부였습니다. 요 며칠 사이에 상태가 많이 악화되고 있었습니다. 형제들에게도, 친척들에게도, 모든 친구에게도 이미 똑같은 당부를 한 지도 여러 날 되었습니다. 심부전 증상과 자주 찾아오는 심한 부정맥 현상으로 생과 사의 갈림길도 여러 번 오갔습니다. 그럴 때마다 셀 수 없이 많이 하는 엑스레이 검사, 이뇨제 투입, 이를 간호하면서 감내해 내는 것만으로도 힘에 부치기에, 누군가가 면회를 오는 것조차 싫어지곤 했습니다.

그러던 어느 날은 자정 무렵 급기야 심장이 일시 정지되기도 했었습니다. 병실에서 아들의 상태를 점검하던 간호사가 치료실로 옮기자고 했습니다. 심한 통증이 시작되어 매우 괴로워하는 사이, 엑스레이 검사를 신청해 놓고 간호사와 함께 침대를 끌어 치료실로 들어선 순간, 심장박동을 나타내는 그래프가 갑자기 일직선으로 변해 버린 것이었습니다. '삑!' 소리와 함께.

저로서는 알 수 없는 담당 간호사의 비상 신호에 따라 신속하게 도착하고 있는 많은 의사와 또 다른 간호사들. 순식간에 치료실은 그들로 꽉 채워지고 있었습니다. 제가 본능적으로 먼저 아들의 가슴을 먼저 눌러 대고 있었지만 곧이어 간호사에게 그 역할이 넘어가고 또 다른 의사가 전기충격을 막 하려던 순간이었습니다. "돌아왔어요!"라는 외침과 함께 일직선을 긋고 있던 맥박의 신호가 다시 뛰고 있었습니다. "104초입니다." 누군가가 외쳤다. 모든 시선이 일제히 모니터를 향하고 있었습니다. 나와 함께 아들의 가슴을 계속 압박하던 초보 야간 담당 간호사가 숨이 찬 가운데서도 나에게 작게 말했습니다.

"아버님, 제가 했어요. 제가 직접 했어요. 저도 처음이에요."

초보 간호사의 작은 떨림이 묻어나는, 그러나 뭔가 자부심을 느끼게 하는 그런 목소리였습니다. 천사의 목소리, 그 목소리와 눈빛에서 형언할 수 없는 감동이 느껴졌습니다. 나는 그녀의 작은 손을 꼭 쥐며 "수고했어요, 감사합니다."를 반복하였습니다. 맥박의 수치가 110을 상회하면 고통이 찾아오고, 약 30분 후엔 정상으로 되돌아오곤 했는데, 갑자기 200, 300, 400 이상으로 한없이 치솟다가 결국 심장이 정지하고 말았던 것이었습니다. 처음 있는 일이었습니다. 이제야 죽음이라는 것이 바로 코앞에 와 있음을 실감하게 되었습니다.

'영화 같은 데서 가끔 보았던 일들이 내 눈앞에서 펼쳐지고 있다니.'

묵묵히 기도를 확보하고 있던 수간호사, 전기 충격 기계를 들고 있던 의사, 무엇인가 주사를 놓기 위해 준비하던 간호사, 한 발짝 뒤에서 전체를 지휘하고 있던 의사, 또한 알 수 없는 기계 같은 것을 들고 본인에게 주어진 뭔가를 하고 있던 초록색 가운을 입고 있던 의사들, '동작 그만'이라는 명령이라도 받은 듯이 동시에 하던 일을 멈췄습니다. 박동수가 110 정도에서 일정하게 움직이는 것을 확인한 후, 그 모든 사람이 썰물처럼 빠져나갔습니다. 수간호사가 가만히 와서 잠시 혼이 나간듯한 나의 손을 한번 꼭 쥐여주고 갔습니다.

모든 불이 꺼지고 다시 찾아온 적막! 아들과 아내와 저, 셋만이 있는 병실에서 아무 말도 없이 한참을 그대로 있었습니다. 땀에 흠뻑 젖은 옷들을 갈아입었습니다. 아들은 무슨 일이 벌어졌었는지 모르는 듯이 멍하게 천장을 바라보고 있었습니다. 아내는 무표정하게 아들만 바라보고 있었습니다.

"참, 다행이다!"

제가 먼저 나지막하게 입을 열었습니다. 죽음의 문턱을 넘나든 아들은 약물의 영향인지 완전히 지쳐서인지 곧 잠이 들었습니다. 아내와 저는 서로에게 한숨 자라고 얘기했지만 둘 다 꼬박 밤을 지새우고 말았습니다. 매일 죽음을 생각하며 살아야 하는 일상 속, 잠깐의 선잠 후에 확인하는 아들의 숨소리에서 또 하루가 시작됨을 알아차리고 나서는, 먼저 살아 있음에 감사를 드리곤 했었습니다. 죽음과 삶의 차이가 무엇인지, 정말 어이없게도 너무나 허무한 것인지도 모른다는 생각을 했습니다. '심장의 박동이 다시 돌아오지 않았다면 지금 이 시각의 상황은 어떠했을 것인가?' 하는 쓸데없는 가정을 하다가 후다닥 정신이 돌아오곤 했었습니다.

큰일을 치르고 난 아들의 숨소리가 왠지 나를 나무라는 것 같았습니다. 지쳐 쓰러져 누워 있는 아내의 모습은 스며든 달빛에 의해 더욱더 창백하게만 보였습니다. 한번 포근히 안아주고 싶은데 마음뿐이었습니다.

[끝자락]

이젠 휠체어도 타질 못하는 것은 물론 검사받으러 가는 길도 침대에 의지할 수밖에 없다가 결국 병실을 벗어날 수 없는 상태까지 되었습니다. 모든 검사는 기계가 병실에 와서 측정할 수밖에 없는 상태였던 것입니다. 날짜는 꼬박꼬박 가서 추석 명절 연휴가 다가오고 있었습니다.

"제 심장은 언제나 나오나요?"
"추석 선물을 기다려 봐야지."

아들은 아침 회진을 오신 김 교수님에게 뜬금없이 부질없는 질문을 했습니다. 교수님은 최대한 아들의 기분을 생각하며 대답해 주신 것 같았습니다. 어느 간호사는 매년 추석 때면 기증자가 나타날 확률이 크다고 알려주기도 했었습니다. 아들 또한 이젠 자신의 심장이 한계에 와 있다는 것을 잘 알고 있는 듯했습니다. 하는 말 한마디, 한마디에서 삶을 정리하려고 하는 표현이 늘어나고 있었습니다. 좀처럼 자신의 감정을 나타내지 않는 교수님도 안타까우신지 이렇게 아들을 달래고 있는 것이었습니다.

'기증자가 나타나지 않는다면 의사로서도 방법이 없는 것이 아닌가?'

아마, 그것은 그때까지도 기증자가 나타나지 않는다면 정말 가망이 없다는 것을 암시하는 것일 수도 있겠다 싶었습니다. 이젠 정말 며칠 남지 않은 것 같았습니다. 추석도, 심장도. 그사이 입원 중에 친해져 있었던 박 씨 아저씨가 이식 수술을 하였습니다. 추석 연휴가 시작되기 며칠 전날 기증자가 나타난 것이었습니다. '정말 기증자가 좀 많이 나오려나?' 희망이 잔뜩 부풀고 있었습니다. B형 기증자가 있으면 아들의 순서가 최우선이라고 여러 차례 들었는데 야속한 전화기는 울려 주지 않았습니다.

얼마 전에 수술하였던 정 씨 아저씨는 한 달 동안의 집중 관리 기간을 무사히 넘기고 건강한 모습으로 이미 퇴원을 하셨습니다. 두 아저씨는 모두 A형인 분들이셨습니다.

추석 당일 병실 밖에 작은 소란이 있어서 나가 보았습니다. 박 씨 아저씨에 이어 경주에서 올라온 아주머니가 수술을 받기 위해 침대에 누운 채로 엘리베이터 앞에서 다른 환우들의 배웅을 받고 있었습니다. 야심한 밤이라 조용히 진행되고 있었던 것이었습니다. 저녁 식사 후 연락을 받고 준비를 마친 다음 3층 수술실로 가는 중이었던 것입니다. 저도 다가가서 축하한다고 한마디를 거들었습니다.

"하늘이도 곧 기증자가 나타날 거예요, 너무 걱정하지 마세요."

최 씨 아주머니는 저를 위로하였습니다. 이미 아들은 많은 환우 사이에서 매우 안타까운 존재가 되어 있었습니다. 젊은 나이에 먹지도 못하며, 저리도 처절하게 투병하고 있는 모습은 매우 보기 드문 일이기 때문이었습니다. 병실로 돌아와선 아무에게도 그 일에 대해서 말하지 않았습니다. 다만 연속해서 들려오는 기증 소식에 저 혼자만의 기대감이 한층 상승되었습니다. 다음날 최 씨 아주머니 수술이 잘 이루어졌다는 소식이 병동에 전해졌고, 이미 며칠 앞서서 수술한 박 씨 아저씨도 이미 중환자실에서 나와 우리 병실 바로 아래층에 있는 입원실로 올라왔다고 들었습니다.

'이렇게들 기증자만 나타나면 수술 후 건강한 모습으로 다시 살아나는데, 아들을 위한 기증자는 왜 이리도 나타나지 않는 것인가?'

이래저래 추석 연휴도 지나가고 있었습니다. 더 이상의 기증자는 나타나지 않았고, 아들의 심리적 마지노선 또한 그렇게 넘어가고 있었습니다. 절대적인 주치의의 기대 섞인 한마디의 위로에 적어도 며칠간 약간의 희망이 섞인 표정이 간간이 보였는데 실망하고 있는 마음이 겉으로도 드러나고 있었습니다. 실로 앙상한 외모와 핏기없는 얼굴에서도 마음속의 상태를 읽을 수 있었습니다. 부질없이 전화기만 수시로 열어 보고 있었습니다. 같은 병동에 입원한 다른 환자보다 몇 개나 더많은 링거 줄을 달고 있는 것만 보아도—자세히는 알 수 없지만—그 누구보다도 심각한 상태임을 짐작할 수 있었습니다. 누구를 걱정할 처지가 아닌 주위 이식 대기자분들도 아들에게 연민의 눈빛을 보내고 있었습니다.

시간이 흘러갈수록 우리 식구 누구도 평정을 유지하려고 하는 모습은 그저 눈으로 더 많은 얘기를 하려고 하는 탓에 더욱 무감각한 눈빛을 쏘아대고 있던 것 같습니다. 너무 비장해 보였는지 친하던 환자분들도 말을 잘 걸지 않았습니다. 대부분 문병객에게 특별한 전달이 있기 전에는 오지 말아 달라고 부탁한 후로는 거의 저와 아내와 딸만이 아들의 곁을 지키고 있었습니다.

회사에서 퇴근하여 밤에 들러 본 딸도 오빠가 없는 곳에서 흘린 눈물 자국을 남기는 횟수가 점점 늘어났습니다. 아마 우리 셋은 서로 구체적으로 얘기하지는 않았지만, 마음의 각오는 똑같이 하고 있었던 것 같습니다.

[작 별]

10월이 되었습니다. 아내도, 아들도, 저도 점점 말수가 줄어들고 있었고, 위중한 상태가 될 때마다 병실과 중환자실을 오르내리는 횟수가 점점 증가하였습니다. 병실에서 중환자실로 옮기면 병실을 비워 주어야 합니다. 작은 짐이지만 원내에서 이삿짐을 옮기고 중환자실 앞에서 상황을 기다려야 했습니다.

"아빠, 이제 내 심장이 너덜너덜해지는 것 같아. 이제 포기해야겠어."

중환자실로 내려가는 침대 위에서 아들이 절망적인 목소
리로 내뱉습니다. 가슴이 찢어집니다. 제대로 된 위로나 희망
적인 대답을 찾을 수가 없었습니다. 이제는 힘이 없어서 통증
이 올 때 저와 같이하던 호흡도 제대로 하지 못합니다. 그동안
잘 유지해 주던 산소포화도마저 매우 불규칙하게 오르내리곤
했습니다. 혈압이 극도로 낮아지는 빈도도 점점 늘어나고, 투
입되는 마약류의 약들은 이미 한계치에 와 있는지, 그 양의 변
화를 주어도 원하는 기대 수치에 영향을 거의 주지 못하는 상
태였습니다. 정말 포기해야만 할 때가 온 것 같았습니다.
결국, 아버님과 어머니에게 살아 있는 손자의 얼굴을 마지
막으로 보시라고 연락을 드렸습니다. 그렇게 해야만 할 것 같
았습니다. 병원에 오신 두 분의 눈빛에서 비장한 듯한 아픔을
보았습니다. 아내와 손을 잡고 눈물만 흘리시며 아무 말도 못
하시고 계셨습니다. 아들에게 다가가서 얼굴과 검푸르게 변한
윗몸을 조심스럽게 손으로 쓸어 보시며 한참을 말없이 앉아
계시다가 일어나셨습니다. 같이 온 동생에게 두 분의 귀가를
부탁하면서 막 병실을 나서던 순간이었습니다.

"할아버지, 할머니 그동안 고마웠습니다."

가까스로 눈을 뜬 아들의 목소리였습니다. 흐르고 있던 눈물을 재빨리 훔치며 아들을 바라보았습니다. 거의 이틀 동안이나 아무 말도 하지 못하던 아들의 입에서 나온 말이었습니다. 비록 아주 가느다란 소리였지만 같이 있던 모든 이들이 생생하게 들을 수 있었습니다. 참고 있던 저도 눈물이 왈칵 솟아올랐습니다. 제가 뒤돌아서서 벽을 보고 있는 사이 할아버지와 할머니는 다시 손자에게 다가와 어렵게 한마디 하십니다.

"하늘아, 지금 가는 것 아니야. 너 잠들 때까지 가지 않을게."

그날 두 분은 한참을 그렇게 손자 옆에 같이 있어 주셨습니다. 형제들, 이모들을 비롯한 모든 일가친척이 차례로 방문을 하였고 그렇게 이별의 절차들이 진행되고 있었습니다. 모두 비슷한 방식으로 이별을 고하고 슬픔을 같이 했습니다. 오빠 앞에선 울지 못했던 사촌 여동생들은 면회실에서 한꺼번에 울음을 터뜨려 버렸습니다. 그러다가도 순서 없이 자는 오빠의 병실에 조용히 드나들기도 했습니다. 마지막이라는 것을 어떻게 마주해야 하는지 모르는 채로 하는 행동들이었습니다. 모두를 진정시키고 이제는 모두 가 보라고 하는 것이 저의 역할이었습니다. 어렵고 힘든 상황 속에서도 한 단원의 막을 내려야 할 사람은 항상 저뿐이었습니다. 이젠, 깨어서 겪어야 하는 고통보다 약물에 의해 자는 동안이 더 편안해 느껴졌습니다.

10월 초의 가을바람이 새벽을 맞아 매우 쌀쌀하게 느껴졌습니다. 추석을 지나 그 크기가 줄어들고 있는 달이 유난히도 푸른색을 띠며 칼날처럼 빛나고 있었습니다. 며칠간 중환자실을 오가느라 잠을 잘 수가 없었는데도 머리가 맑아지고 눈이 더욱 또렷해짐을 느꼈습니다. 마음을 다잡으니 오히려 평온함을 느낄 수 있었습니다.

"야, 하늘아! 죽을 때 죽더라도 마지막으로 뭐라도 먹어 보도록 하자."

아침 해가 뜨고 아내가 아들의 얼굴을 씻어주고 있을 때 나 홀로 새벽에 결정한 무모한 얘기를 던졌습니다. 의외로 아들놈이 반대하지를 않았습니다. 반대나 찬성할 처지도 못 되었지만 저리 반대를 안 하는 것이 신기했습니다. 벌써 오래전에 중지했던 병원 밥을 다시 시켰습니다. 미음을 떠먹이는 엄마의 손끝이 파르르 떨렸습니다. 신기하게도 물만 먹어도 토하던 아이였는데, 미음을 먹어도 토하지 않고 몇 번이나 삼켰습니다.

'마지막이라는 생각이 몸에 변화를 일으킨 것인가?'

반복되는 통증의 고통은 여전하지만 그래도 자기 입으로 음식을 취하는 것이 얼마 만인지도 기억이 나지 않았습니다. 그러나, 딱 이틀 정도 그렇게 마지막 힘을 다하여 먹더니 그마저 더 이상 허락되지 않았습니다. 애절한 눈빛으로 나를 쳐다보면서 "아빠, 더 이상 못 먹겠어. 이제 그만할래."라고 고개를 숙이고 말았습니다. 더 이상 괴롭히지 말라는 눈빛이었습니다. 마지막 시도도 그렇게 끝나는 순간이었습니다.

이젠 부모로서 해 줄 것이 아무것도 없었습니다. 아내가 더 충격을 받았습니다. 아들의 입속에 숟가락을 넣지 못한다는 사실에 넋이 나간 상태가 되어 버렸습니다. 서로 말은 할 수 없지만 느낌은 같았습니다. 이젠 정말 해 볼 것은 다 해 봤다는 생각을 하며 아들의 의견을 따랐습니다.

[고마운 사람들]

　　숟가락을 놓아 버린 아들을 한참 바라보다 조용히 병실을 나가서 자주 가던 야외 휴게실에 혼자 앉았습니다. 이런저런 생각 중에 최근에 병문안을 온 친구들이 떠 올랐습니다. 며칠 전에 유 사장 내외가 찾아왔었습니다. 약 30년 전에 같은 동네에 살면서 친해진 이웃이었습니다. 이제는 서로가 다른 곳으로 이사를 하여 자주 만나지는 못하지만 그래도 집안의 대소사에는 항상 같이하는 사이가 되었습니다. 올봄 어느 날, 갑자기 전화로 여행을 가자고 청해 왔었습니다. 아마도 제가 지장을 은퇴하여 우울하게 지내고 있다고 생각한 모양이었습니다.

"형님, 이유는 묻지 마시고 형님이 잘 아시는 강원도에 1박 2일로 다녀오기로 하죠? 이번 여행 경비는 제가 모두 책임지겠으니 형님께서는 안내만 책임져 주세요!"

갑작스럽고 뚱딴지같은 제안이었지만 저와 아내는 흔쾌히 찬성하고 여행을 다녀왔습니다. 그렇지 않아도 심란해 있던 일상이었는데 정말 꿀맛 같은 여행을 다녀온 것입니다. 그래도 기회를 봐 가며 제가 돈을 내려고 할 때마다 저지를 당해서 정말 한 푼도 쓸 수 없는 여행이었습니다. 아내와 유 사장 부인이 통화를 하면서 우리의 상태를 알아차리고 부부가 고심해서 한 제안이었습니다. 꼭 그렇지는 않은데 '30년을 같이 알아 오면서 항상 자기네들이 받기만 했지, 우리에게 해 준 것이 없다'면서 기획한 프로그램이었습니다.

큰일이 닥칠 거라는 것을 예감한 것은 아니었겠지만 여행을 다녀오고 약 3개월 만에 아들이 저 지경이 되기 시작했으니 그들의 놀라움도 이만저만이 아니었습니다. 소식을 듣자마자 사흘이 멀다고 방문을 하고 있었습니다. 부부가 함께 진심으로 아픔을 함께 해 주었습니다. 특히 젊어서 운동을 한 제수씨는 아들이 고통스러워하는 근육통을 위하여 손수 안마를 해 주었습니다. 아들이 매우 만족해하는 그런 안마를 해 주었습니다. 고맙기 그지없었습니다.

아들이 퇴원하면 귀농하여 자연과 더불어 살고 싶다고 했을 때, "형님, 여주에 제 땅이 1,500평 정도 있으니까 그것을 활용하도록 하세요. 당분간은 사용할 계획이 없으니까요."라며 선뜻 제안해 준 고마운 친구입니다. 지금 그 땅을 활용할 계획을 짜고 있는데 앞으로 잘 되었으면 좋겠습니다. 그리고 좀 더 시간이 흐른 뒤에는 그들과 우리들의 공동 보금자리가 되었으면 좋겠습니다.

또 한 친구는 제가 다니던 회사에서 지금도 열심히 근무하고 있는 후배입니다. 일찌감치 저와 여러모로 죽이 맞아서 직장 생활 중 가장 많은 시간을 같이 지낸 친구입니다. 오죽하면 제가 사는 인근에 일부러 이사까지 하였던 후배였습니다. 바쁜 가운데서도 혼자 또는 가족과 같이, 때로는 과거에 같이 일하던 여러 후배를 동원하여 수시로 병원을 들락거려 주었습니다. 기회가 될 때마다 노후에는 같이 늙어 가자며 자신의 청사진도 참고하라고 열심히 설명하곤 하는 친구입니다.

내가 먼저 은퇴를 한 후엔 모든 유흥 경비를 도맡아서 내기도 하였습니다. 진정으로 돈이 문제가 아니라 서로에게 마음을 비워 주는 그런 친구라고 생각됩니다. 지금도 바쁜 일정에 잠시 연락이 뜸해졌을 때는 제가 먼저 아들의 상황을 전해 주는 몇 안 되는 친구들입니다. 어려움을 겪는 동안 이러한 친구들이 얼마나 위안이 되는지 모릅니다.

한 인간이 태어나서 죽을 때까지 수많은 사회적 관계를 맺으며 살아간다고 하지만 이토록 고통을 함께 나누며 공감할 수 있는 사람을 얼마나 만날 수 있을까요? 오래 사귀어 왔던 다섯 명의 친구 그리고 이 두 친구를 생각해 보면 저는 그래도 잘못 살지는 않았다고 생각됩니다. 이 정도만 해도 감사하기에는 충분하니까요. 오랫동안 같은 교회에 다니고 있었던 아내 또한 친분이 두터운 교인들의 도움이 정말 도움이 많이 되었습니다. 때로는 같이 기도하며 때로는 같이 눈물을 흘리면서 두 손을 마주 잡아 주던 그들과 몇몇 친한 친구들의 위로로 인하여 그나마 잘 버틸 수 있었던 것 같았습니다. '나의 몇십 년 지기들과 아내를 위로하였던 그분들이 없었다면 정말 버텨 내기 어렵지 않았겠는가?' 하고 감사하고 있습니다.

[절망을 넘어]

주치의인 김 교수께서 아침 회진 후, 조용히 저를 부르셔서 얘기했습니다.

"이제는 더 이상 버틸 수 없는 상황인 것 같습니다. 내일부터는 기계의 힘을 빌려서 어느 정도 버텨 보는 수밖에……"
"그렇게 하면 얼마나 더 버틸 수 있을까요?"

아무 생각 없이 공허한 질문을 드려 보았습니다.

"사람에 따라 다르지만 그리 오래가진 못합니다. 그리고 그런 상태에서 수술하면 예후도 좋지 않고……"

드디어 최후통첩을 받은 것이었습니다. 인간이란 선택의 여지가 있을 때 고민을 하곤 하지만 선택의 여지도 없이 죽음의 순간을 마냥 기다려야 한다면 그저 무감각한 상태로 기다릴 수밖에 없는 것이었습니다. 문득 보름 전쯤에 갑작스럽게 사망한 아들을 쳐다보는 아주머니의 얼굴이 떠올랐습니다. 2년 전에 수술을 하였는데 무엇이 잘못됐는지 모르겠지만 재입원한 며칠 후 심장이 정지되었고, 예의 그 많은 의료진이 노력하였건만 끝내 회생하지 못하고 말았었습니다.

"아빠, 용건이 하늘나라로 갔어."

이유는 모르겠으나 용건이 아빠는 같이 하지 못한 것 같았습니다. 모든 것을 체념한 인간의 모습이 저러리라. 제가 서있는 바로 가까이에서 아들의 죽음을 아빠에게 전화로 알리는 엄마의 모습. 지금 그 용건이 엄마의 모습을 떠올리며, 지쳐있는 아내의 얼굴을 물끄러미 바라보았습니다.

'아! 이제 오늘밤이 마지막이구나.'

병실에 켜 놓은 옅은 불빛과 창문으로 들어오는 달빛을 받아서인지 아들의 모습이 마치 혼이 없는 미라처럼 푸르게 빛나고 있었습니다. 창문 밖으로는 언제나 그랬듯이 한강이 흐르고 있고, 강물에 비취는 올림픽 대교의 불빛이 저승으로 가는 다리인양 위험스럽게 흔들거리고 있었습니다.

'28년을 이렇게 살다가 가는구나. 이루어 놓은 일도 없이. 한 학기 남겨 놓은 대학을 졸업도 못 하고…… 몇 년 전 홀로 다녀온 40일간의 스페인 순례자의 길을 반드시 다시 가리라고 말해 왔었는데……. 퇴원하면 같이 낚시하기로 했었는데. 단둘이 낚시 가서 나보다 많이 잡고는 아빠 별거 아니라면서 거들먹거리던 모습이 눈에 선한데……. 바다낚시와 민물 붕어낚시, 루어낚시, 바다낚시 등 하고 싶은 낚시의 종류도 많았는데…….

병실 한구석에 동생이 사 온 조립 세트가 아직도 저리 많이 남았는데……. 몸이 회복되면 서울이 아니라 시골에서 정착하여 살고 싶다고 했는데……. 얼마 전에 산 노트북 컴퓨터에 붙어 있는 각종 태그들이 아직도 새것이나 마찬가지인데

……. 주사 약을 조절하는 기계에서 타는 듯한 냄새가 난다고 해서 동생이 사 온 아로마 향초는 겨우 몇 번 정도 사용하고 저리도 많이 남았는데……'

많은 생각이 순간적으로 스쳐 지나갔습니다. 자정이 넘어가면서 원망스러운 전화기만 한참이나 뒤적거렸습니다.

'이제 날이 밝으면 기계장치가 있는 중환자실로 가겠구나.'

아무리 생각해도 내가 해야 할 일이 없었습니다. 아니 아무 일도 할 수가 없었습니다. 그저 시간이 지나가는 것을 무심히 기다리는 것 외에는. 새벽 5시, 조용히 병실 문이 열렸습니다. 원래 이 시간에 특별한 일이 없는 한 아무도 오지 않는 시간인데 발소리를 죽여가며 간호사가 들어왔습니다. 이어 주사를 놓는 간호사의 움직임이 유난히 조심스럽다고 생각되었습니다.

"무슨 주사예요?"
"처방이 급하게 내려와서 놓는 건데요, 피의 응고를 방지

하는 약이에요."

그 시간의 주사 처방은 처음이었기에 '아! 드디어 기계의 힘을 빌리기 위한 준비 작업에 들어가는구나.'라고 생각하며 더는 물어보지 않았습니다. 할 일을 마친 간호사가 조용히 병실을 나가고, 죽은 듯이 누워 있는 아들의 모습을 스마트폰의 카메라로 몇 차례 찍었습니다. 왜 찍었는지는 모르겠지만 나에게는 그래야만 될 절차인 것 같은 생각이 들었습니다. 얼마 전에 빡빡 밀었던 머리카락이 어는 정도 자라나서 얼굴이 더 퀭하게 보인다고 생각했습니다.

꼬박 밤을 지새운 몸을 추스르기 위해 눈을 뜬 아내에게 자리를 맡기고 새벽 공기를 맞으러 병실 문을 열었습니다. 그때, 주머니에서 '부르르' 하는 울림을 느꼈습니다. 전화기의 울림이었습니다. 저의 핸드폰 소리였습니다.

'이 시간에 뭐지?'

그 많은 날 동안 수도 없이 지켜보던 전화기, 그 전화기가 울렸습니다.

"안녕하세요, 장기이식센터입니다. 김하늘 환자 보호자 맞으시죠?"

순간 온몸이 경직되고, 모든 신경이 곤두서는 것을 느꼈습니다.

"네!"
"축하합니다. 기증자가 나타나서 오늘 수술을 할 수 있을 것 같습니다. 100% 확실한 것은 아니고요, 자세한 사항은 주치의 김 교수께서 알려 주실 겁니다."

용수철처럼 몸이 펄쩍 뛰면서 뒤를 돌아다 봤습니다. 전화 받는 소리에 잠을 깬 아들과 옆에서 반쯤 누워 있던 아내가 동그란 눈으로 나를 쳐다보고 있었습니다. 어두운 병실이었지만 빛이 나는 그들의 눈빛을 정확히 보았습니다.

"하늘아! 전화 왔어! 기증자가 나타났어!"

갑자기 그냥 눈물이 났습니다. 아들 앞에서 처음 흘리는 눈물이었습니다. 아들의 눈이 반짝이는 것이 분명 보였습니다. 아내도 반사적으로 아들을 부둥켜안고 눈물을 쏟아 내고 있었습니다. 그때, 다시 병실의 문이 스르르 열렸습니다. 병동을 옮기고 난 후 한참이나 만나지 못했던 소아심장내과 주치의였던 고 교수께서 마치 산신령처럼 하얀 가운을 입고 어스름한 병실로 들어오고 계셨습니다.

"하늘, 오늘 수술 잘 받아라. 참, 너 같은 놈 처음 봤다. 수술 끝나고 보자. 아마 수술은 잘될 거야. 잘 이겨 내라!"

일흔이 다 되신 노(老)교수의 거친 목소리가 병실을 꽉 채우고 있었습니다.

"오랜 시간 동안 많은 흉부외과 교수들이 검토했는데 기술적으로는 이상이 없다니까, 김 교수 말씀 잘 듣고 수술 잘 이겨 내라!"

1분 남짓 이 말씀을 하시고 한참 동수를 쳐다보시더니 홀연히 병실을 나가셨습니다.

"교수님, 감사합니다."

아들의 목소리에, 아내의 목소리에, 그리고 나의 목소리에 빛이 나고 있었습니다. 동시에 힘이 실리고 있었습니다. 이어 약 10분 후 수술 집도의이신 소아심장 흉부외과 윤 교수님이 초록색 가운을 입은 몇 명의 의사들과 같이 방문하셨습니다. 밤새 한 다른 수술이 조금 전에 끝났는데, 아들의 상태 때문에 지체할 시간이 없다고 하십니다.

"하늘이 상황은 잘 알고 있습니다. 도전이지만, 많은 검토 후에 기술적으로 문제가 없을 거라고 판단하고 있으니 아마 잘될 겁니다."

조금 전 다녀가신 고 교수님과 비슷한 얘기를 해 주십니다. 수술 전에 할 일들이 많으니 또다시 주치의 김 교수의 지시대로 잘 따르라고 하시며, 잠시 손으로 아들의 이곳저곳을 만져 보시고는 또 다들 병실을 빠져나갔습니다. "하늘아, 준비 과정 잘 견뎌 내!"라는 말씀을 남겨 놓고.

'지옥과 천당을 오간다는 말은 이럴 때 쓰는 것이 아닌가?'

약 30분 간에 이루어진 상황에 그냥 어리둥절할 뿐이었습니다. 그 후 진행되는 분주한 간호사들의 움직임, 천사들의 군무가 시작되었습니다. 수혈을 준비하고 온갖 약들이 처방되고 있을 때쯤, 주치의 김 교수께서 오시더니 크게 한번 호흡을 내쉰 뒤 말씀하셨습니다.

"오늘 수술할 예정입니다. 정말 기적적으로 기증자가 나타났습니다. 면밀히 검토했는데 심장의 상태가 너무 좋습니다. 수술 과정만 잘 이겨 내면 좋은 결과가 예상됩니다."

지금까지 보던 아침 회진 표정이 아니었습니다. 희망을 전달하며, 확신을 심어 주시는 천상에서 오신 전령사의 표정이었습니다. 간호사들에게 몇 가지 지시를 하시고 조용히 저를 부르셨습니다.

"정말 천우신조입니다. 사실 저번 주에 하늘이에게 맞는 심장이 나왔는데 그 심장 상태가 워낙 좋지 않아서 결정을 내릴 수가 없었습니다. 이대로 끝나는 줄 알았는데 정말 다행입니다."

"감사합니다, 감사합니다."

너무 감사할 때는 정말 어떻게 표현을 할지 몰랐습니다. 그저 감사하다는 말만 되풀이할 수밖에. 응급 조치로 아들을 심정지에서 돌아오게 해 주신 초보 간호사님, 키 크고 늘씬한 간호사님, 키 작고 뚱뚱한 간호사님, 약 줄을 늦게 갈아 줘서 미웠던 간호사님, 추석 연휴를 기다려 보자, 10월 초 연휴를 기다려 보자고 하며 동수에게 끊임없이 희망을 갖게 해 준 간호사님, 항상 미소를 머금고 있던 예쁜 간호사님, 그리고 항상 아들에게 어떻게 하면 도움이 될 수 있을까 하고 걱정하시던 간호사님, 뒤에서 묵묵히 이유 없이 병실을 방문하여 이것저것 물어보셨던 수간호사님.

기계적으로 자기의 맡은 일들을 착착 진행하고 있지만, 나의 눈에는 많은 천사가 너풀너풀 춤을 추며 날아다니는 것 같았습니다. 그러나 지금 이 시각에도 기증자를 간절히 기다리는 분들이 주위에 많기에 이 모든 일은 조용히 진행되고 있었습니다.

49kg으로 몸무게가 줄어서 뼈만 앙상하게 남은 아들이 신기하게도 그 모든 과정을 잘 버티고 있었습니다. 한 주먹이나 되는 양의 약도 꿀꺽꿀꺽 잘도 먹었습니다. 토하지나 않을까 하는 걱정은 완전한 기우였습니다. 아들은 죽을힘을 다해서 버티면서 모든 것을 이겨 내고 있었습니다.

장장 10시간 정도의 시간이 지나서 드디어 수술실로 갈 준비가 끝났습니다. 준비 마지막쯤에는 시간에 쫓겨서인지 매우 서두르는 바람에 깜빡할 뻔했습니다. 그동안 생명을 지탱해 주던 주렁주렁 달린 저 플라스틱 줄들이 있는 상태에서 사진을 몇 장 더 찍었습니다. 새벽에 찍던 기분과는 완전히 다른 셔터 소리였습니다.

이번에는 아내와 제가 같이 수술실 앞까지 동행했습니다. 아내도 과거 첫 수술 때와는 달리 인내하고 인내하면서 아들을 배웅하였습니다. 올 수 있는 모든 가족, 친지들이 다 모였습니다. 누구인지 모를 약간의 흐느낌은 있었으나 수술실 입구에서 모두 한마디씩 행운의 말들을 전해 주었습니다. 죽음을 염두에 뒀던 엊그제의 표정들과는 사뭇 다른 분위기를 보여 주고 있었습니다.

아들이 씩씩하게 수술실로 들어갔습니다. 입원한지 77일째였습니다. 이제는 기다려야 합니다. 기도하며. 대부분의 면회객이 빠져나간 1층 휴게실에 가족들이 모두 모여있습니다. 정확히 세어보지는 않았지만 20여 명쯤 됩니다. 밖은 이미 깜깜해져 있고 날씨는 제법 싸늘해져 있었습니다. 수술에 걸리는 시간은 6~7시간이라고 했으니 대략 12시쯤 첫 연락이 올 것 같았습니다.

그때까지 각자 자유스럽게 끼리끼리 모여 이야기를 하고 있었습니다. 저는 중환자 보호자 대기실에서 기다려야 했지만 이미 경험이 있는 터라 그들과 같이 있기로 했는데, 12시가 지나가면서 조금씩 초조함이 생기기 시작했습니다. 답답한 마음에 혼자 일어나 3층 수술실과 중환자실 앞을 서성이고 있었습니다. 내 전화기로 상황이 전달되기 때문에 전화기를 연신 바라보면서.

"김하늘 보호자님, 신관 3층 수술실 앞으로 와 주세요."

2시가 다 되어서 문자가 왔습니다. '들어갈 땐 동관 수술실로 들어갔는데 왜 신관으로 오라고 하지?' 이상한 생각에 마음속으로 불안감이 확 밀려 왔습니다. 재빨리 엘리베이터 쪽으로 움직였습니다. 신관 3층에서 엘리베이터 문이 열렸습니다. 얘기하지도 않았는데도 나를 쳐다보고 있던 두 동생이 뒤를 따랐습니다. 문이 열린 3층 복도에는 불이 모두 꺼져있었습니다.

약 30m 앞에 수술실 입구의 초록색 비상등만이 어스름하게 비추고 있었고, 그 옆에 경비원 한 명이 보였습니다. 그리고 수술실 문을 열고 나오는 익숙한 몸체의 초록색 가운을 입고 있는 집도의 윤 교수님. 나오자마자 뭔가 고뇌하고 있는 듯한, 탁자에 올려져 있는 손으로 머리를 받쳐 들고 있는 모습이 제 눈에 들어왔고 그곳까지 가는 잠깐 새에 온갖 생각이 머리를 스쳐 갔습니다.

"예상보다 매우 힘들었습니다. 수술이 오래 걸렸는데, 그게 정상입니다. 과거에 했던 수술로 인한 유착을 해결하고 이식하느라 다른 사람보다는 훨씬 많은 시간이 걸렸습니다. 그렇지만 수술은 의도한 대로 잘되었습니다."

"아! 그래요? 너무나 힘들게 서 계신 것 같아서……."

"아니요, 쉴 틈이 없이 강행한 수술이라 조금 피곤해서 그런 겁니다. 걱정하지 마세요. 조금 후에 중환자실로 옮기면 면회할 수 있을 겁니다."

한껏 긴장했던 가슴을 쓸어내렸습니다. 이 짧은 몇 마디의 대화에서 30m를 걸어가면서 느꼈던 윤 교수의 작은 행동에서 느꼈던 불안감이 사라지고 있었습니다. 1층으로 내려와 기다리던 친지들에게 소식을 전해 주었습니다. 이제 한시름 놓았으니 집에들 가라고 해도 수술이 끝나고 중환자실로 갈 때까지 같이 있겠다고 했습니다. 수술 시간이 오래 걸려서 회복

시간도 오래 걸린다고 하더니 새벽녘이 되어서야 연락이 왔습니다.

"김하늘 보호자님, 중환자실로 환자가 사용할 물건을 갖고 오시기 바랍니다."

이 절차는 30년 전과 거의 동일했습니다. 아내와 딸과 함께 중환자실로 들어갔습니다. 유리창으로 가려진 무균실 내에 아들이 누워 있었습니다. 두 눈을 꼭 감고 미동도 하지 않은 채, 마취가 깨지 않은 상태라 아직 그 속으로 들어갈 수는 없다고 했습니다. 중환자실 담당 의사의 여러 가지 설명이 계속되는 중에도 나의 시선은 유리창 너머 아들의 온몸을 구석구석 훑고 있었습니다. 이렇게 아들은 새 생명을 가슴에 품었습니다. 문득 아들은 혼자인가, 둘인가? 하는 생각이 뜬금없이 스쳐 지나갔습니다. 심장이 곧 생명인데 다른 이의 심장이 아들의 가슴속에서 뛰고 있다는 사실이 이러한 생각을 불러일으킨 모양입니다. 정말 찰나적으로 생각했을 뿐인데 그 느낌은 커다란 잔상을 남기며 지금도 내 마음속에 자리 잡고 있습니다.

오전 10시 30분과 오후 8시, 두 번의 면회가 허락되어 있었습니다. 각 30분씩. 아침 해가 떠오르고 있었고, 몇 시간 후에 첫 면회를 할 수 있었습니다. 일회용 멸균 가운을 입고, 장갑을 끼고, 마스크를 한 상태에서 눈을 뜬 아들을 만났습니다. 아직 조금은 고통스러운 모습이었지만 전보다는 매우 편안해 보였습니다. 한 명만 허락된 아들의 옆은 제가 먼저 들어갔습니다. 아내와 딸이 저에게 양보했기 때문이었습니다. 조심스럽게 아들의 손을 잡았습니다. 아들의 손에 힘이 들어가는 것을 느꼈습니다. 아들의 몸을 중심으로 전반적인 주위를 둘러보았습니다.

아직은 수술하기 전에 있던 여러 가지 생명줄 같은 약물 주입을 위한 플라스틱 관들이 있기는 하지만 그리 절박하게 느껴지지 않았습니다. 검푸르렀던 앞가슴의 피부가 왠지 불그레하게 변해 있는 것 같았습니다. 눈에 보기에도 몹시 튀어나와 있던 왼쪽 가슴이 한층 평평해졌다고 느꼈습니다. 수분을 배출하지 못해 퉁퉁 부어있던 다리가 조금은 홀쭉해진 것 같았습니다. 눈으로 아들의 변화를 찾아보려고 하는 본능적인 행동이었습니다.

"괜찮아?"

"아직 잘 모르겠어. 그런데 숨쉬기는 편한 것 같아!"

한마디씩 주고받은 이 말이 첫 대화의 전부였습니다. 말을 많이 하는 것이 좋은 것인지 나쁜 것인지 잘 몰라서 매우 조심스러웠습니다. 잠깐의 만남 후에 아내와 딸에게 자리를 양보했습니다. 짧은 시간을 쪼개어 교대로 보기로 하고 혼자만이 들어갈 수 있는 곳에 저만 들어갔었지만, 나오면서 간호사에게 양해를 구한 뒤 아내와 딸이 같이 교대를 할 수 있었습니다. 유리창 밖에서 보니 많은 얘기를 주고받는 것 같았습니다. 시간이 되어 밖으로 나온 딸이 한마디 했습니다.

"오빠는 신이 돌보고 있는 것 같아!"

딸은 병원에서 바로 회사로 출근을 하고, 아내와 저는 주차해 둔 자동차와 병원 이곳저곳을 배회하면서 시간을 때웠습니다. 두 번째 면회가 오후 8시에 예정되어 있었기 때문에 그 후에 집으로 가기로 했기 때문이었습니다. 오랜만에 조금은 홀가분한 마음의 틈새로 가을의 냄새와 풍경들이 우리 마음에 들어왔습니다. 비록 생과 사의 갈림길이 오가는 삭막한 곳이지만 그런대로 제법 잘 꾸며 놓았다고 서로가 공감하였습니다. 저녁 면회를 들어갔을 때는 제법 말을 많이 하기도 하고 한층 편안해진 표정으로 우리를 대하고 있었습니다. 조금은 안심이 되었습니다.

　병원에 남겨져 있던 일부의 짐을 싣고 오랜만에 집으로 왔습니다. 실로 오랜만에 아내와 함께 집으로 돌아온 것이었습니다. 중환자실에 있는 동안에는 집에서 자면서 면회를 다니기로 했습니다. 입원 병동으로 올라가면 약 한 달 정도는 일인실에서 밀착 간호를 해야 하기 때문이었습니다. 감염의 위험을 피하기 위해 간호하는 보호자도 엄격한 검진을 받아야 했습니다.

　아내를 태우고 집으로 돌아오는 길에도 아내는 별말이 없었습니다. 낮에 언뜻 비추긴 했지만, 아들의 미래에 대한 걱정이 마음을 무겁게 하는 것 같았습니다. 많이 알지는 못하지만 몇몇 성인들의 얘기와 어려움을 이겨 내고 성공한 사람들의 이야기를 얘기해 주면서 미리 걱정하지 말자고 위로를 했지만 크게 소용이 없는 것 같았습니다. 먼 곳을 바라보며 말이 없는 아내에게 나 또한 굳이 더 많은 말을 시키지는 않았습니다.

　그동안 주로 딸 혼자서 집안을 잘 관리하며 지내 왔지만, 아내는 밤늦도록 구석구석을 다시 청소하고 나서야 늦게 잠이 들었습니다. 밤이라도 지새울 요량이었지만 이제 한시름 놓았으니 천천히 하자는 강력한 제 의견에 마지못해 잠자리에 든 것이었습니다. 실로 오랜만에 편안한 잠자리를 기대하며 잠자리에 누웠습니다. 그러나 그날 밤 그 작은 바람은 한 통의 전화로 인하여 무참하게 깨어지고 말았습니다.

"하늘이 아버님이시죠. 하늘이 좀 바꿔 드리겠습니다."

새벽 2시쯤 중환자실에서 전화가 왔습니다.

"아빠, 왜 날 데리러 오지 않아? 내가 지금 서울역 앞에서 기다리고 있는데, 왜 오지 않는 거야?"

매우 화가 난 듯한 아들의 목소리가 들렸습니다. 뚱딴지같은 아들의 목소리에 무슨 연유인지는 몰랐지만, 순간적으로 바로 대답이 튀어 나왔습니다.

"알았어. 지금 바로 출발해서 갈게!"

섬망 증상!

간호사에게 전해 들은 처음 듣는 생소한 이름의 증상이었습니다. 부리나케 옷을 챙겨 입고 병원으로 달려갔습니다. 간호사의 조치로 이미 아들은 잠이 들어 있었습니다. 장시간 폐쇄된 곳에 있거나 아주 심한 수술을 받고 난 후 오랜만에 깨어난 경우 혹은 다량의 약물을 치료받던 중 이를 갑자기 중단하였을 경우 등 여러 가지 원인에 의해서 나타나는 일종의 정신질환의 한 종류였습니다. 치매와 비슷한. 심장 이식을 받은 환자들에게 많이 나타나는 일시적인 증상이라고 하는데, 중요한 것은 이 현상이 나타날 땐 보호자가 옆에 있는 것이 좋다고 하였습니다.

그 뒤로 집에 가지 못하고 보호자 대기실에서 지내게 되었습니다. 중환자실에서 며칠이 지나서도 섬망 증상이 완화되질 않자, 주치의께서 무균 상태의 입원실로 올라가길 권하셨습니다. 아내와 내가 보조 보호자로 검사를 마쳤고, 아들도 물리적으로는 입원실로 올라갈 수 있을 만큼 회복되었으니, 가족과 함께 생활하는 것이 빨리 증세를 이겨 낼 수 있을 것이라는 주치의 말씀이셨습니다.

133병동으로 전동을 했습니다. 수술 전에 투병하던 143병동의 바로 아래층이었습니다. 이곳의 병동 분위기는 전에 있던 곳과는 많이 달랐습니다. 일단, 간호사들의 덩치가 이만저만한 것이 아니었습니다. 아마, 제 개인적인 생각이지만 간호사들의 업무를 정할 때 그러한 신체 조건들이 많이 참고되는가 봅니다. 수술을 마치고 온 환자들이기에, 그만큼 힘이 더 들기 때문인 것 같았습니다.

온종일 괜찮다가도, 저녁 무렵이 되면 서서히 나타나는 아들의 섬망 증상은 잠들기 전까지 그 도가 점점 심해지곤 했습니다. 그렇게 되면 행동과 말이 매우 과격해져서 아빠인 내가 감당하기도 매우 어려워질 정도였습니다. 24시간 내내, 아내와 저 둘 중 한 명은 단단히 보초를 서고 있어야 했습니다. 아니면 손을 묶어 놓아야 한다는 간호사의 엄포(?)에, 우리가 철저히 아들을 지키기로 했기 때문이었습니다. 이미 한번 사고가 나고서야 받아야 했던 선택의 종류였습니다.

잠시 한눈을 파는 사이에 잡아 놓았던 혈관 줄을 잡아채어서 피가 침대에 흥건히 고인 적이 있었기 때문입니다. 수술 전에 꽂혀 있던 주사약을 위한 줄들은 없어졌지만, 아직 아들의 몸에는 비상사태를 대비한 필수적인 여러 종류의 호스들이 달려 있는 상태였습니다.

그래도 다행인 것은 입원실로 올라온 후에는 잘 먹고 있었습니다. 처음부터 몸무게가 늘어나는 단계는 아니지만, 식탐이 과하다고 표현해도 될 만큼 많이 먹어 치우고 있었습니다. 간호사의 지시로 통제를 하며 먹고 있지만, 밥상을 물리고 나면 곧바로 배가 고프다고 할 정도였습니다. 그러다가 저녁때가 되면 어김없이 섬망 증상이 나타나곤 했습니다.

"아빠, 거울 좀 봐! 아빠 얼굴이 점점 괴물로 변하고 있어, 뿔이 나고 있단 말이야!"

이와 같은 말을 여러 차례 반복하고 나서는 "귀신아 물러 나라!"라고 있는 데로 소리를 질러댑니다. 병실 문을 꼭 닫고 있어도 그 소리는 병동의 모든 이들에게 들릴 정도였습니다. 크고 작은 여러 종류의 섬망 증세가 있었지만, 이렇게 소리 지를 때와 호스를 뽑으려 하면서 막무가내로 집에 가자고 조를 때 그리고 날짜의 개념이 없어서 수술을 받기 전 상태인 것으로 생각하고 심장의 상태를 계속 되묻곤 할 때가 가장 힘들었습니다.

아주 심할 땐 할 수 없이 주치의께서 독한 수면제를 처방해 주셔서 잠을 재우곤 했습니다. 다행히 한 일주일 정도 고생하다가 신기하게도 언제 그랬느냐는 듯이 그 증세는 사라져 버렸습니다. 서서히 제정신을 차리고 나서는 아들도 자신의 변화에 매우 놀라는 모양이었습니다. 심장의 통증이 없고 호흡을 자유롭게 할 수 있는 자신을 인식하고 나서는 삶에 대하여 매우 적극적으로 대한다는 것을 알 수 있었습니다.

그때쯤 돼서야 자기가 심장 이식을 완료했고 그것으로 인해 몸의 변화가 급작스럽게 나타나고 있다는 것을 제대로 인식하는 것 같았습니다.

상반신의 피부 색깔이 본래의 색으로 돌아오는데 정말로 시간 차이로 변화를 가져오는 것 같았습니다. 심장이 제대로 뛰어 혈행이 원활해 짐에 따라 모든 장기의 기능이 원 상태로 급격히 정상화 되고 있음을 느낄 수 있었습니다. 신장의 기능이 정상으로 돌아왔는지 시원하게 소변을 보는 것이 그렇게 좋아 보일 수가 없었습니다. 의학적 지식은 없지만 잘 먹고 잘 싸는 것이 이다지도 중요한 것인지 새삼스럽게 다시 느껴 보았습니다.

병실에는 여러 가지 주의사항과 함께 한 달 간의 치료 일정표가 걸려 있었습니다. 우리는 서로 협동하여 한 치의 흐트러짐 없이 그 규칙들을 잘 지키며 퇴원하는 날을 기다리고 있었습니다. 워낙 수술 전에 온몸의 근육이 모두 소진된 상태였기 때문에 아직 스스로 걷지는 못하지만 조금씩 웃음소리가 늘어나고 있었습니다. 몸무게도 이제는 조금씩 늘어나고 있고, 김 교수의 강력한 지시에 따라 운동량도 늘려가고 있었습니다.

차근차근 회복 단계를 착실히 수행한 결과, 약 한 달이 경

과한 주말 즈음 다음 주면 퇴원할 수 있을 것이라는 주치의
의 얘기를 들을 수 있었습니다. 그런데 조용히 있던 아들이 당
장 내일 퇴원하면 안 되냐고 물었습니다. 원래는 내일이 입원
107일째, 수술한 지 30일째로, 일정표에 있는 예상 퇴원일이
었으나 조금은 지연되던 상황이었습니다. 하루라도 빨리 집으
로 가고 싶은 아들의 간절한 소망에 조금 망설이시던 김 교수
께서 아들의 얼굴을 잠시 보시더니 웃으시면서 오케이 신호를
보내 주셨습니다. 장기투숙환자의 심정을 알고 계셨기 때문입
니다. 그렇게 다음날 퇴원을 했습니다.

[귀가]

다시 살아서 집으로 가는 차 안에서 아내는 조용히 눈물을 훔치고 있었고, 아들은 차창 밖을 하염없이 바라보며 알 수 없는 감회에 젖어 들어 있었습니다.

'이 길을 따라 아들을 다시 집으로 데려갈 수 있다니.'

늦가을 오후 볕이 한강에 반사되어 아름답게 반짝이고 있었습니다. 서로가 말은 그리 많이 하질 않았습니다. 온갖 낙엽들이 가을바람에 흩날리고 있었고, 아파트 입구에 들어설 때쯤 아들의 눈에서는 조용히 눈물이 흘러내리고 있었습니다. 약 4개월 만에 죽음의 문턱에서 살아나 다시 집으로 돌아온 것이 감격스러운 모양이었습니다. 아직 홀로 걷는 것은 힘들어도 집에 돌아왔다는 것 자체로도 마음이 많이 안정되었습니다. 그러나 아들의 미래를 걱정하는 아내의 상태는 쉽게 다스려지지 않았습니다. 한동안 아들의 침대 곁은 제가 밤을 새우며 지켜야 했습니다.

이제 아들은 몇 차례 외래를 다녀왔고, 이식한 심장이 잘 안착되어 가고 있다는 김 교수님의 설명도 있었습니다. 이번 심장 이식 수술을 포함해서 3번이나 개복 수술을 잘 견뎌 낸 아들이 대견합니다. 아직 갈 길이 멀긴 해도, 부디 아무런 부작용 없이 온전히 건강해지기를 두 손 모아 기도해 봅니다.

[희망]

수술하고 퇴원한 지 2년이 다 되어가는 요즈음에도 아들은 아직은 정신적 충격에서 완전히 빠져나오지는 못한 것 같습니다. 새로운 삶을 맞이하는 마음의 준비가 덜 된 것 같습니다. 사실 이식을 받고 나서도 오랜 기간 삶을 영위하지 못하고 생을 마감하는 경우가 많이 있는 것 같습니다. 주로 노령자가 주된 환자인 이유도 있기는 하지만 예기치 않은 거부반응으로 갑작스레 변을 당하는 경우도 꽤 있는 모양입니다. 사람마다 다르지만, 일정한 기간이 지나야 안정을 찾을 수 있는 모양인데 아들의 마음에는 아직 그 단계가 안 되었다고 생각하는 모양입니다.

기다려야 한다고 생각합니다. 외견상 이제 거의 정상을 찾은 듯한 모습에 아내는 여러 가지 대외적인 활동에 대한 것들을 강요하기 시작했습니다. 대학 졸업을 위해 남은 한 학기를 빨리 복학하라고 하는 바람에 작은 마찰이 있기도 했습니다. 저는 아내에게 아들이 아직 준비되지 않은 것 같으니 기다려주자고 여러 번 얘기해야 했습니다. 엄마의 마음을 몰라서 그런 것은 아니었습니다. 아내는 자신이 생각하는 일들이 자기의 뜻대로 이루어지지 않았을 때 스스로 매우 스트레스를 받는 성격임을 잘 알고 있습니다. 그러나 이 문제는 아내의 뜻대로 하게 내버려 둘 수가 없었습니다. 아내와 아들을 불러놓고 일장 연설을 하고 나서야 겨우 서로간의 의견 충돌을 해결할 수 있었습니다.

대학을 졸업했는지 안 했는지가 아들의 인생에 정말 중요하다고 생각하지 않았습니다. 그것보다 먼저, 하루를 살더라도 자신이 하고 싶은 것을 찾는 것이 우선이라고 생각하고 있었습니다. 더 정확히 말하자면 삶의 의미를 먼저 찾기를 바라고 있었습니다.

"내가 80살이면 넌 50살이 된다. 오래 산다고 훌륭한 인생을 살았다고 할 수만은 없다. 지금 너를 걱정하게 하는 죽음이 미래를 방해할 수는 없다. 어느 누가 내일의 태양을 볼 수 있다고 확신할 수 있겠니? 그것은 너와 나와 매한가지다. 앞으로 20년이면 지금 시작해도 못할 일이 없다. 나와 엄마는 너에게 짊어진 부채가 있다. 그걸 갚을 수 있도록 해 주길 부탁한다."

엄마의 바람에 신경질적인 반응을 보이는 아들을 불러 놓고 한 시간 동안 한 얘기의 요지입니다. 정말 진심으로 한 얘기였습니다. 조용히 듣고만 있던 아들의 눈빛이 조금 흔들리는 것을 느꼈습니다. 자기 방으로 들어간 후 한참이나 시간이 흘렀습니다. 외출복으로 갈아입고 어디 좀 나갔다 오겠답니다.

그날 이후로 아들의 눈빛이 많이 바뀌었습니다. 방구석에만 있었는데 친구들을 만난다고 나가곤 했습니다. "내일 지구의 종말이 온다고 해도 나는 오늘 한 그루의 사과나무를 심겠다."라는 스피노자의 말이나 "태어나는 시간은 순서가 있지만 죽는 순서는 아무도 모른다."라는 상투적인 얘기들이라든가, 이미 어려운 환경이나 처지를 슬기롭게 이겨 낸 숱한 다른 이들의 성공담 같은 것은 그의 마음에 영향을 줄 수 없었습니다. 이미 그러한 얘기들을 잘 알고 있는 아들로서는 스스로 뭔가에 영감을 얻기를 바라는 수밖에 없었습니다.

그런 아들이 요즈음 조금 변화하는 것을 느낄 수 있습니다. 아버지로서의 직감입니다. 부디 현실을 깨닫고 실천할 수 있는 변화의 시발점이었으면 좋겠습니다.

[나의 청소년기]

집안에 둘째로 태어난 저는 청소년기가 그리 순탄하지는 않았습니다. 아주 모범생이었던 형과 두 동생에 비하면 굉장한 불량 학생이었다고 할 수 있었습니다. 이유는 정확하게 모르겠지만 항상 불만이 가득 찬 반항아적 사고를 갖고 있었습니다. 굳이 변명하자면 아마 위아래로 치여서 생긴 자연스러운 현상이었던 것 같습니다.

중학교 때는 운동을 한답시고 공부와는 거리가 먼 생활을 하였습니다. 나중에 아버지에게 발각이 되어 운동은 포기하였지만, 머릿속에 든 것은 아무것도 없었습니다. 그 시절 운동선

수는 보통 공부와는 담을 쌓고 지내는 것이 당연한 일이었습니다. 자식들의 공부를 위해 어렵사리 상경을 결단하셨던 아버지에게 나의 주장은 물거품이 되어 버렸습니다. 당시에는 고등학교 진학은 시험을 치러야 할 때였기 때문에 부득이 재수하게 되었습니다.

그래도 1년간 중학교 전 과정을 다시 공부하여 고등학교에 입학할 수 있었습니다. 1차에 도전한 국내 최고의 명문 고등학교 입학에는 실패했지만, 2차 명문 고등학교에 당당히 입학한 것이었습니다. 문제아가 명문 고등학교에 합격하였으니 집안에서는 특히 아버지께서 매우 기뻐하셨습니다. 두문불출하고 입시에 매달린 그 일 년이 제 평생 가장 열심히 공부한 기간이었던 것 같습니다.

그러나 그런 기쁨은 오래가지 못했습니다. 그 공부 또한 오기로 했던 것 같습니다. 나름 대로 결실을 보고 난 후에는 공부에 대한 흥미가 완전히 사라져 버렸습니다. 자만심이 생겨났던 것 같습니다. 1년 동안 중학교 전 과정을 새로이 공부했는데도 재수 학원에서의 성적이 국내 최고의 고등학교에 도전할 정도였기에 공부라는 것을 매우 우습게 여기는 못된 생각이 제 머릿속에 자리 잡았던 것 같습니다.

또래보다 좀 왜소해 보이는 체격이었지만 운동신경은 누

구보다 잘 발달했는지 그 방면으로는 매우 두각을 나타내었던 것 같습니다. 작은 소문이 나면서 우연히 소개받은 교외의 무리로부터 대단한 환영을 받으며 그 조직에 가담하게 된 것이 유치 찬란한 청소년기를 보내는 저만의 세상이 되고 말았습니다. 학교에서도 집에서도 아무도 눈치채지 못하는 사이 주로 주먹 쓰는 일로 허송세월을 하고 있었습니다. 나중에 몇몇 알고 있던 친구들로부터 소문이 나기는 했지만, 철저히 비밀을 지켜 가며 타락한 젊은 시절을 보내고 있었습니다.

몇 차례 담임선생님께서 부르셔서 상담하시기도 했습니다. 입학할 때 전교에서 상위권 성적으로 들어온 놈이 얼마 되지 않아 꼴찌에서 헤매고 있으니, 선생님께서도 이상하게 생각하셨을 겁니다. 교내에서는 전혀 눈치채지 못할 정도로 사고 한번 저지르지 않았으니까요. 그 누구도 이미 활화산 같은 저를 돌려 놓지는 못했습니다. 의리라는 말로 활동을 하던 교외의 활동이 저에겐 훨씬 더 생동감 있는 일상이 되어 버린 것 같았습니다. 꽤 싸움을 잘하는 편이었기 때문이었습니다. 그러나 이러한 비밀스러운 생활도 아주 작은 사건으로 인하여 학교에 알려지고, 집안에까지 알려지게 됨으로써 중대한 고비를 맞게 되었고 학교의 징계와 더불어 막을 내리게 되었습니다.

이렇듯 어수선한 청소년기를 보내긴 했지만 그래도 어렵사리 고등학교를 졸업하고 정신을 차린 이후에는 열심히 학업에 열중하였습니다. 비록 재수는 했지만 가고 싶은 대학을 갈 수 있었고, 군대를 다녀온 뒤에는 저를 알고 있었던 사람들이라면 전혀 과거를 상상할 수 없을 정도로 모범생의 길을 걷게 되었습니다.

사 형제 중에 거친 청소년기를 지낸 것은 오직 저 하나뿐이었습니다. 다른 형제들은 아버지의 철저한 훈계에 따라 모두 착한 시절을 보냈는데, 저만 무엇이 불만이었는지 만사를 삐딱하게 바라보는 질풍노도와 같은 시절을 보냈던 것 같습니다. 언제 어디선가, 여러 형제가 같이 자라나는 경우 특히 둘째가 돌출된 행동을 많이 하는 경향이 있다는 얘기를 들은 적이 있습니다. 지금은 자세히 기억나지 않는 여러 가지 원인도 얘기한 걸로 기억되는데 아마도 그런 것 같았습니다.

나중에 성인이 되어 형제들과 술 한잔을 기울이며 과거 추억을 얘기할 때면 그래도 가장 이야깃거리가 많은 것은 나의 몫이었습니다. 인생이란 과정에 잃는 것이 있다면 얻는 것도 있고, 그 반대도 있긴 한가 봅니다. 참으로 아들과 저는 다른 청소년기를 지내온 것 같습니다.

[감사]

누구에게 감사하다는 말, 그것을 표현한다는 것은 무슨 의미일까요? '나에게 무언가 도움이 되었기 때문에 감사하다는 것인가? 존재 그 자체가 감사한 것인가?' 요즈음 감사의 의미를 평소보다도 좀 더 깊이 생각하고 있습니다.

'내가 감사의 의미를 이렇게 깊이 생각할 수 있는 것이 감사한 일 아닌가? 감사에 대한 생각을 할 수 없는 상황도 많을 텐데…….'

'감사할 대상이 없다는 것이야말로 불행한 삶이 아닐까?'

'너무나 감사할 대상이 많은 우리가 정말 행복한 삶을 사는 것 아닌가?'

어려운 일을 겪는 과정에서 조용히 생각할 수 있는 시간이 주어짐으로써 과거를 돌아볼 기회를 가졌다는 것이 그나마 위안거리의 하나인 것 같았습니다. 잊혔던 사연들이 다른 시각으로 하나씩 다가옴을 느꼈었습니다. 그동안 성공적이었다고 생각해 오던, 잘나가던 젊은 시절의 행동들이 거친 오만함과 거만함으로 점철된 것이 아닌가 하는 생각이 들었습니다. 나의 작은 성공을 위하여 남에게 많은 상처를 입힌 것 같아서 마음이 편치 않았습니다.

그러한 것을 이제야 깨달은 저 자신이 매우 어리석은 인생을 살아왔다고 많은 자책을 하게 되었습니다. 꾸역꾸역 과거를 회상하며 기억나는 사람들에게 전화하기 시작했습니다. 잘 만나지는 못하지만, 연락처가 있는 옛사람들에게 전화라도 한 번씩 해 보는 것이 아무 의미 없더라도 그것이 도리인 것 같다는 생각이 들었습니다. 뜬금없는 연락에 의아해하는 사람도 있었지만, 대부분이 저의 상황을 알고 있는 사실에 놀랐습니다.

그들에게 한마디, 한마디 감사의 인사를 건네고 나서 느낀 마음의 평안함은 그들의 반응과는 관계없이 정말 기분 좋은 행복감 그 자체였습니다. 과거에는 느껴 볼 수 없었던 그 무엇인가가 있었습니다. 감사했습니다. 그들 모두가. 그러기에 행복했습니다.

아들의 이식 수술이 결정된 그 날, 기증자가 20대 초반의 여자아이라고 누군가가 얘기하는 것을 들은 적이 있었는데 지금은 누구에게 언제 그 얘기를 들었는지 기억이 잘 나지 않습니다.

'그녀는 누굴까? 어떤 꿈을 꾸고 있던 아이일까? 어떤 연으로 아들의 몸속에 들어온 걸까? 누군가의 금지옥엽 같은 딸이었고, 청운의 꿈을 품고 있었을 아이였을 텐데, 그녀를 잃은 부모님들의 슬픔은 얼마나 컸을까? 오랜 시간 동안 코마 상태의 딸을 마주해야 했던 그들의 슬픔이 나의 슬픔보다 작았을까? 그들에게 어떻게 감사를 해야 할까?'

아직은 그 해답을 찾지 못했으나 일단은 그들의 슬픔까지도 마음속에 새기며 두 사람의 몫을 살아야 한다고 생각합니다. 아직은 저만의 생각이지만 아들도 곧 같은 생각을 하리라

믿어 봅니다. 심장은 다른 장기와 달리 그 영혼도 함께할 수 있는 것일 것이고, 그것이 곧 생명이기 때문에 육신과 영혼이 연결되어 있다면 그것은 심장을 통해서만이 가능할 거라고 생각합니다.

퇴원하고 나서 아들과 그녀에 대한 얘기를 딱 한 번 해 보았습니다. 언젠가는 같이 살아가는 그녀에 대하여 알아보기로 했었습니다. 그 일이 가능할지는 잘 모르겠지만. 아직은 자신의 삶에 대한 확신이 없는 아들이지만 감사해야 하는 것임은 충분히 알고 있는 것 같습니다. 그러나 저는 믿고 있습니다. 많은 감사를 하는 인생은 절대 실패할 수 없다고 믿으며, 인생 초반에 이와 같은 엄청난 경험을 한 아들에게 분명 찬란한 미래가 펼쳐지리란 것을……. 어떻게 살아가는 것이 보람 있고 감사하는 삶을 살아가는 것인지 터득할 수 있으리라는 것을 ……

아들이 태어나면서부터 도와주셨던 모든 의사 선생님들, 간호사들, 각종 의료 기관 종사자들, 위기의 순간에 면회를 왔거나, 오지는 못해도 아들의 쾌유를 빌어 주었던 모든 분들에게 감사를 드립니다. 그리고 순간순간 아들의 생명을 지켜주었던 병원 내의 시스템들과 현대의학에도 경외감을 표합니다. 더불어, 의학발전의 최 일선에서 일하고 계시는 대한민국 의료계가 전 세계를 이끌어 간다는 사실이 자랑스럽고, 우리가 이 땅에서 태어난 것이 자랑스럽습니다.

　의학 지식에 문외한인 제가 묘사한 여러 가지 표현에서 잘못된 점이 있다면 그리고 혹시라도 미숙한 저의 글에 의해 조금이라도 상처를 받으신 분이 있다면, 크게 머리 숙여 사죄드립니다. 또한, 아들의 투병 기간에 물심양면으로 도움을 주신 수많은 분에게 감사를 드립니다. 평생 잊지 않고 기억해야 할 분들입니다. 다시 한번, 그동안 접했던 그들의 모습, 모습들을 되새겨 봅니다. 감사할 수 있기에 행복합니다.

[일상]

어느 봄날 아침, 늦은 아침밥을 먹고 동네 문방구로 가서 난생 처음으로 이력서 양식을 샀습니다. 퇴원 후 아들이 정상적으로 회복과정을 진행하고 있고, 차차 집안 전체가 안정을 찾아감에 따라 뭔가 할 일을 찾는 중이었습니다. 아직은 여러 가지 불안한 요소들이 많이 있었고, 아내가 아직은 충격에서 완전히 헤어나오지 못한 것 같아 집 근처에서 임시로 일자리를 찾아볼 요량이었습니다.

과거 경력과는 전혀 관계가 없는 아주 짧은 이력서를 들고 아르바이트 면접을 보러 갔습니다. 쌍꺼풀 수술을 한 지 얼마 되지 않아 아직 다 아물지 않은 것 같은 편의점 사장과 얘기가 잘 되었습니다. 아들을 돌보면서 생겨난 올빼미 습성을 야간 아르바이트로 대체한 것이었습니다. 이런저런 생각에 잠 못 드는 밤을 지새우던 그 시절의 상황에 딱 맞아떨어지는 일을 구한 셈이라고 자위하면서, 저녁 10시 30분부터 다음 날 아침 8시 30분까지 야간 10시간의 편의점 아르바이트 생활이 시작 된 것이었습니다.

많은 주위 사람의 걱정대로 밤과 낮이 바뀐 탓에 처음엔 육체적으로 많이 힘들었지만, 얼마 지나지 않아 일에 익숙해 지면서 실제 일하는 시간 외의 여유시간도 상당히 확보되었습 니다. 그 시간은 온전히 나만의 시간으로, 아무에게도 간섭도 받지 않고 불확실한 아들과 우리 가족의 미래에 대한 많은 생 각을 할 기회가 되었을 뿐만 아니라, 지금까지 살아온 내 인생 에 대하여 반추해 볼 수 있는 소중한 시간이 되어 갔습니다.

억지로 말하자면 조금은 행운이 깃든 일자리를 찾은 셈이 었습니다. 초등학교를 끼고 있으며, 대형 아파트들과 빌라 형 태의 건물, 많은 원룸 등으로 이루어진 주거지에 자리한 덕인 지 편의점을 이용하는 고객의 종류는 그야말로 다양하였습니 다. 꽤 시간이 지난 요즈음엔 그들의 학벌, 경제적 상황, 현재의 기분 상태, 사회 적응성의 레벨 내지는 젊은이들의 고민, 은퇴자들의 과거 약력이나 현재의 상태까지도 어느 정도는 예측이 가능할 정도가 되었습니다. 야간 손님들은 대부분 날짜가 지나면서 익숙해지고, 필요에 따라 한두 마디 말을 주고받다 보면 좀 더 그 들에 대해서 이해할 수 있는 폭이 넓어지기 때문이었습니다.

근무 초기에는 한동안 여러 차례 얼굴을 맞댄 사이일지라도 웬만해서는 서로가 형식적인 인사 외에는 안 하는 것이 무슨 불문율처럼 되어 있었습니다. 또한, 아주 극소수의 손님을 제외하고는 심야 시간에 편의점을 찾는 사람들의 얼굴에서는 긍정적이고, 희망적이며, 긍정적인 사회성이 묻어나는 표정을 찾기가 매우 어려웠습니다. 대부분이 심각하고 고민에 절은 듯한 모습이며, 특히 자정을 넘어서는 그러한 자신의 처신을 위로해줄 수 있는 약간의 주류와 안주를 구매해 가는 사람들이 대부분이었습니다.

그러나 좀 더 시간이 지나고 나서 내가 의도적으로 대화를 시도했을 때, 의외로 긴 시간 동안 자신의 처지에 대하여 토로하는 사람들이 늘어갔고, 다양한 사람들에게서 들은 이야기로부터 많은 인생의 교훈을 얻게 되었습니다. 전혀 예기치 않았던 경험이 시작된 것이었습니다.

세상을 살아가는 세속성의 잣대를 흔히 얘기하는 5분위의 레벨로 정의한다면 1~5레벨까지의 다양한 손님들로 구성되어 있는 것이었습니다. 그들은 나름대로 그들 각각의 상식 속에서 살아가고 있다는 사실에 매우 놀라웠고, 정규 대학을 나오고 일류 기업이라고 지칭되는 직장에서 오랫동안 살아오면서, 같은 혹은 그리 차이가 나지 않는 레벨의 사람들과 인과관계를 맺어 왔던 저 같은 사람은 도저히 접해 보지 못했던 상식의 세계가 존재하고 있었던 것이었습니다.

제가 대화의 물꼬를 튼 사람 중에는 우리나라 최고의 대학을 나와서 타인들로부터 멋진 인생을 살았다고 칭송받을 만한 사람부터 학교는 근처에도 못 가 본 사람이 있는가 하면, 타국에서 숱한 고난을 이겨 나가며 고된 업에 종사하는 사람들, 장래의 계획에 대해 밤새 고민하는 젊은이들, 무슨 일인지는 정확하게 모르겠지만 대취한 상태에서 넋두리를 늘어놓는 사람들, 문을 열고 들어오면서 다짜고짜 화를 내는 사람들, 왜 다른 상점보다 비싸냐고 시비를 거는 사람들, 다른 곳은 안 받는데 왜 여기만 봉지값을 받느냐고 따지는 사람들 등등 많습니다.

그들을 만나면서 이루어지는 한밤의 짧은 대화 속에서 저는 지금까지 저의 일찍이 인생에서 경험해보지 못한 다양한 세상이 있으며, 그들은 그들 나름 대로의 세속적인 레벨로서 살아가고 있다는 사실을 깨닫고 한없는 나의 부족함과 나만의 상식 속에서 살아왔던 내가 얼마나 좁은 세계의 삶을 살아왔는지 깨닫게 되었습니다. '역지사지'란 사자성어에 대해서 평생을 통틀어 이때처럼 절실히 떠올려 본 적은 없었던 것 같습니다. 저의 잠재의식 속에는 제가 그들의 대부분보다 더 나은 인간이라는 착각이 자리 잡고 있었던 것 같습니다. 어느 날 문득 돌이켜보니, 제가 그들을 가르치려 하고 있고 그들의 처지를 가슴 한편에서 매우 측은하게 생각을 하고 있던 것이었습니다.

야간 아르바이트를 하고 있는 나의 처지는 망각한 채 과거의 나를 현실에 투영하고 있는 자신을 발견하고는 씁쓸한 미소를 지을 수밖에 없었습니다. 그들 중 몇몇과 지속된 대화 속에서 그 들은 그들 각자의 상식의 세계 속에서 살아가고 있음을 알게 되었고, 그간의 나의 오만함에 겸손한 후회를 하게 되었습니다. 때로는 과장되게 저를 포장한 사실과 실제와는 다른데도 자존심이라는 마음속 허상에 의해 현실의 처지를 매우 긍정적으로만 색칠해서 보여 주려고 했던 나 자신이 매우 부끄러워지는 것이었습니다.

[또 다른 경험]

편의점 아르바이트 생활과 더불어, 재능기부의 일환으로 지역사회의 문화센터에서 노인들을 대상으로 컴퓨터 강의를 하게 되었습니다. 직장에서 은퇴하고 그래도 몇 년간은 후배들의 회사에서 고문이랍시고 1~2년씩 근무를 했었는데 이마저도 나이가 더 들면서 눈치가 보이기 시작하였습니다. 주로 벤처의 성격을 띠는 회사들이다 보니 구성원들이 모두 젊은 직원들로 조직되어 있었으므로 그들과 한 몸이 되어서 생활을 한다는 것이 그들에게 많은 불편함을 준다는 사실을 알게 되었습니다.

무엇보다도 재정 상태가 그리 좋지 않은 초기 벤처 회사의 입장에서는 나를 고용하고 있다는 자체가 매우 부담이라는 사실도 알게 되었습니다. 이러한 경험을 하고 나서 이제는 완전히 현업에서 은퇴해야겠다고 생각했고, 그즈음 재능기부라는 분야가 있다는 사실을 알게 되었습니다.

정상적인 급여 체계에서 이미 멀어져 있던 입장이었기에 이러한 일들도 참으로 의미가 있는 일이라는 막연한 생각을 하고, 거주지가 속해있던 구청에 강사신청을 해 놓았었습니다. 그사이 아들의 상황이 발생하였고 정신없이 거의 1년이라는 세월이 흘렀는데 우연하게도 편의점 아르바이트가 결정됨과 거의 같은 시기에 전화를 받게 되었습니다. 원래 저의 의지로 신청한 것이었고, 교육 봉사 담당자의 간절한 권유에 육체적으로 무리한 줄은 알았지만 거절하지 못하고 시작하게 된 강의였습니다.

야간 일을 끝내고 집에 가면 아침 8시 50분, 재빨리 샤워를 마치고 간단한 식사를 한 뒤 출발을 해야 9시 30분부터 시작되는 강의 시간에 맞출 수 있었습니다. 두 시간의 강의를 마치고 집에 돌아오면 오후 1시쯤이 되고, 점심을 먹고 쉬는 시간이 되자마자 야간 일터에 가야 하는 10시까지는 거의 혼수

상태가 되다시피 잠에 곯아떨어지곤 했습니다. 체력적으로 워낙 힘들었기 때문에 강의는 어느 정도 하다가 그만둘 요량이었는데 현실은 그렇지 못했습니다.

장소가 상당히 높은 언덕을 걸어 올라가야만 하는 곳에 자리해 있고, IT 분야에서 재능기부를 할 수 있는 분을 찾지 못하는 이유도 있었지만, 뭐니 뭐니 해도 시간이 지나면서 느껴지는 수강생들의 열정으로 인해서 꼭 1년을 채우고야 말았습니다. 30여 분의 수강생들은 대략 65세에서 70세 언저리의 어르신 들이었는데, 열심히 배우고자 하는 자세를 그들의 눈동자 하나하나에서 느낄 수가 있었습니다.

나이가 나이들이신지라 실습 시간에는 수많은 반복을 해야 했지만, 한두 달 지나고 나서는 내가 오히려 더 열정적으로 가르치는 양상으로 바뀌어 있었습니다. 피곤하지만 가파른 언덕을 올라가는 일은 부족한 나의 체력을 보충해 주는 것이라고 자위를 하면서 열성적으로 가르치게 되었습니다. '이왕 시작한 강의이니 노인들이 처음 대하는 컴퓨터에 자신감을 가질 수 있도록 해야겠다.'라는 작은 사명감도 생기기 시작하였습니다.

어느 순간부터는 오히려 강의를 끝내고 돌아오는 길에 새로운 힘이 나고 마음속 깊은 곳에서 뭔지 모르는 뿌듯함이 우러나오는 것을 느낄 수 있었습니다. 일개 강사로서 그들에게 무엇인가를 가르친다는 사실보다는 그들과의 만남 자체가 저에게는 과거에 경험하지 못했던 새로운 세상의 한 면을 볼 수 있도록 해 주었습니다. 그들에게는 나에게서 무엇인가를 배우는 것도 중요하지만, 그 시간에 그 장소에 와서 비슷한 동질감을 느끼며 동료들과 같이 호흡을 하고 있다는 사실 자체가 더 중요한 것처럼 보였습니다. 그들은 여러 곳에서 배출되는 폐지를 차지하기 위해 억척스럽게 새벽에 움직이는 노인들과는 또 다른 비슷한 세속성의 레벨 속에서 살아가는 분들이었습니다.

약 1년간의 강의가 끝난 후 책거리를 마지막으로 강의를 마쳤을 때는, 뭔가 이루어 냈다는 저만의 성취감으로 뿌듯해했었습니다. 비록 체력적인 한계로 인해 그만두기는 했지만, 헤어지기를 아쉬워하시는 그분들을 보며 기회가 되면 꼭 다시 만나 봐야겠다고 다짐을 해 보았습니다.

[동병상련 부부]

어느 날 40대 초반 아주머니가 초췌한 모습으로 들어와서 몇 가지 물건을 산 후 아주 어색한 미소를 지으며 대뜸 "아저씨, 우리 애가 오늘 의식이 돌아왔어요. 지금 중환자실에 있는데 오랜만에 남편과 교대하고 잠깐 집에 왔어요."라고 했습니다.

올 초에 친구들과 한강으로 얼음지치기를 하러 갔던 아들이 그만 물에 빠지는 사고를 당하여 한동안 깨어나지 못하고 혼수상태로 입원 중이라고 했습니다. 사고 후 처음으로 아들의 의식이 돌아온 사실을, 그 슬픔 속에서의 일말의 기쁨을 누군가에게라도 이야기하고 싶은 엄마의 심정이었던 것 같습니다.

그녀는 모르고 있었지만, 저 또한 불과 얼마 전 아들을 잃어버릴 뻔한 동병상련의 감정이 교감을 이루었던 것인지, 그날 이후 만나게 되면 한층 다정한 말투로 아들의 상태에 대해 얘기를 하며 저 나름대로 용기를 북돋워 주곤 했었습니다. 야간에는 손님이 뜸하므로 서로가 마음만 통하면 웬만한 대화는 할 수 있는 시간이 허락되었습니다.

그런데 처음 만난 지 한 두어 달쯤 지났을 무렵 초췌한 모습으로 편의점에 들어선 그녀는 대뜸 "아저씨, 우리 아이 하늘나라로 갔어요!"라고 했습니다. 그 눈동자에 비친 아픔이 지금도 잊히지 않습니다. 자식을 잃은 어미의 모습을 처음 본 건 아니었지만, 그녀의 얼굴엔 무서운 체념의 그림자가 짙게 드리워져 있었습니다. 그땐 벌써 최상의 슬픔은 지나간 것 같았습니다. 그 후에 그녀는 몇 차례 더 방문하기는 하였는데, 누군가와 동행을 하긴 했지만, 항상 술에 취해 있는 모습이었습니다. 저로서는 좀 더 살갑게 위로해 줄 수 있는 상황이 아니었기에 먼발치에서 바라만 볼 뿐이었습니다.

그리고 가끔 술에 만취된 채 새벽녘에 들러서는 한잔 더 먹겠다고 우기며 세상의 모든 짐을 지고 있는 듯하던 아저씨가 있었습니다. 편의점 내에서는 음주가 안 되므로 절대로 허락을 해 주지 않는 나를 원망하며, 때로는 주사를 부리며, 앞마당에서 날이 훤해질 때까지 술을 먹던 한 아저씨가 있었습니다. 그 아저씨와 아주머니가 부부 사이인 것을 알게 된 것은 한참 후였습니다. 한 번도 같이 온 적이 없기에 전혀 알 수가 없었습니다.

그런데 어느 날 밤에, 다음날 이사하게 됐다고 하며, 그동안 죄송하기도, 고맙기도 했다며 같이 인사를 하러 와서야 부부임을 알게 되었습니다. 순간 나는 뭔가에 한대 머리를 얻어맞은 느낌이었습니다. 그동안 아들을 먼저 보낸 엄마와 아빠의 지난 모습이 깨진 유리 칼날처럼 저의 가슴과 머리를 스쳐지나갔습니다.

'술에 취해 주절거리던 진상 손님이 아니라 아들을 먼저 보낸 아빠의 주체할 수 없는 슬픔의 표현이었었구나!'

이들에게 좀 더 친절하게 대해 주지 못한 게 미안할 뿐이었습니다. 물건을 사기 위해 들른 김에 하는 얘기도 아니고, 이사한다고 이렇게 하찮은 편의점 아르바이트생에게 일부러 인사를 올 정도로 착한 사람들이었습니다. 충격을 받았는지 제대로 답을 할 수가 없었습니다. 마치 뒤통수를 '탕!' 하고 한 대 맞은 기분이었습니다. 형식적인 짧은 헤어짐의 인사를 남기고 문을 나서는 그들의 뒷모습을 한참이나 바라보았습니다. 야심한 밤, 가느다란 오르막길 주마등이 그들이 맞잡은 손의 그림자를 길게 늘어뜨리고 있었습니다.

편의점에 처음 들렀을 때 간절히 아들의 소생을 바라던, 그 후 아들의 죽음을 퀭한 모습으로 나지막이 전하던 아주머니의 모습과 저의 적극적인 말림에도 불구하고 술에 취해 술을 더 사겠다고 우기던 아저씨의 모습이 동시에 교차되면서 지나갔습니다. 몇 개월 동안 아들의 가슴을 부여잡고 사투를 벌여야 했던 저로서는 심장에 못이라도 박히는 듯한 느낌을 받았습니다. 다음 손님이 들어와서야 제정신이 돌아온 것 같았습니다.

보내놓고 보니 다행히 그들의 얼굴에는 약간의 미소와 새 출발을 암시하는 기운이 흐른 것 같았습니다.

'그냥 이사하면 되지 어찌 야심한 밤에 나한테까지 와서 인사를 하고 갈까?'

마을 아래에 있는 전통 시장에서 장사를 한다고 했는데 그 삶의 터전을 벗어날 정도까지 충격을 받은 사건이었는데, 그 와중에서도 그런 생각을 했다니 도무지 믿기지가 않았습니다. '나는 저들에게 어떤 존재였는가?' 많은 생각을 하게 만든 만남이었습니다. '그래도 인사를 하러 온 것으로 봐서 내가 그리 나쁘게 대하지는 않았었나 보다.'라고 위안을 해 보았습니다.

그렇게 헤어졌지만, 아직도 가슴 한편이 아릿합니다. 어찌 보면 세속에 찌든 저보다 훨씬 더 순수한 영혼의 소유자들일 지도 모르겠습니다. 그들에게 조언하고, 마치 내가 더 우월한 세속의 상위자인 것처럼 그들을 대했던 것이 한없이 부끄러워짐을 느꼈습니다. 저는 저만의 잣대로 편의점 손님들을 평가하고 있었던 것이었습니다. 이렇듯 인간은 자기의 잣대로만 세상을 바라보는 속성을 지니고 있는 것 같습니다.

그저 마음속으로 아들이 죽는 과정에서 만났던 이 부부를 다시 만날 수는 없지만, 부디 먼저 간 아들을 가슴에 잘 묻고 새로운 삶을 개척해 나가길 바랄 뿐이었습니다.

"봉지 필요하신가요?"

한마디의 질문에 다양한 반응이 돌아오는 것을 보면서 서서히 아르바이트 생활에 익숙해져 가고 있었습니다. 편의점에서 제공하는 비닐봉지는 공식적으로는 크기에 상관없이 한 장에 20원을 받게 되어 있습니다. 사장의 결정이기에 따를 수밖에 없는 내부 규약이었습니다.

그러나 손님들의 생각은 제각각이었습니다. 이미 익숙해

져 있는 대부분의 손님은 봉지의 필요성의 물음에 대해 본인의 의사를 표현하였지만, 어떤 이는 다른 곳에서는 무료인데 왜 여기만 돈을 받느냐고 따지기도 합니다. 산 물건들을 어떻게 손으로 들고 가냐고 대뜸 화를 내는 사람이 있는가 하면, 어떤 이는 두 손으로 들기 힘든 만큼의 물건을 사고도 절대로 비닐은 갖고 가지 않겠다는 사람이 있기도 했습니다. 어떤 손님이 남겨진 잔돈을 기부하고 갈 때는 다음 손님들에게 무료로 제공하는 경우도 흔히 있었는데, 앞사람에게는 무료로 주고 왜 자기에게만 돈을 받느냐고 따지는 손님도 있었습니다.

어쩌다가 심한 욕이나 일그러진 인상을 쓰며 반응할 때는 제 마음도 매우 불쾌하게 됩니다. 모두 자기의 상식선에서 하는 행동들이지만 그 결과는 전혀 다르게 나타나고 있었습니다. 자기가 살아온 방식, 배워온 과정, 속해있는 환경, 나름 대로 개인 생각 등이 가져오는 상이한 결과인 것이었습니다. 이러한 사소한 일에서 과거에 제가 경험하였던 일상적인 일들이 이 사회 모든 곳에서 상식적인 정답이 될 수 없다는 것을 깨닫게 되었습니다.

아마 과거에 저는 이렇게 저와 같지 않은 사람들을 보면 "세상에 이상한 X 다 있네."라고 치부하며 피해갔을 것입니다. 그러나 지금은 그 모든 레벨의 사람들을 모두 상대해야 하는 시각에서 그들을 이해해 보려고 노력하고 있습니다. 요즈음도 20원의 봉지 가격에 웃음과 불쾌함 사이에서 묘하게 왔다 갔다 합니다.

[폐 지 할 머 니]

먼저 폐지 할머니라고 지칭한 그분에게 죄송하다는 말씀을 드리고 싶습니다. 이름도 성도 모르니 이렇게 부르는 것을 양해해 주시기 바랍니다. 편의점에서는 그리 많지는 않지만, 어느 정도 일정한 양의 폐지가 매일 나오고 있습니다. 들어오는 물건들을 정리하고 나면 부산물로 나오는 폐지는 항상 새벽녘에 앞마당 한편에 쌓아 놓았습니다. 그 후에는 가져가는 사람이 임자가 됩니다.

우리 상점 앞의 폐지도 얼추 서너 분의 노인들이 경합을 벌이는 것 같았습니다. 따지고 보면 경쟁이 꽤 치열한 상태인 것 같았습니다. 가끔 그들끼리 다투는 소리가 상점 안까지 들리곤 했으니까요. 이러한 경쟁 구도에 변화를 일으킨 것은 배려랍시고 행한 저의 사려 깊지 못한 결정 때문이었습니다.

눈이 많이 내린 추운 겨울 어느 날 새벽에 우연히 밖으로 나갔는데 눈에 익은 한 할머니가 눈 맞은 폐지를 펴서 수거하고 있었습니다. 순간 나는 측은한(?) 마음이 들어 "할머니 내일부터는 폐지를 상점 안에 모아 놓을 테니 들어와서 수거해 가세요."라고 말해 버렸습니다. 상점 안은 따뜻하기에 잠깐 들어오는 것만으로도 도움이 될 것이라 생각하면서…….

그러나 문제가 있었습니다. 폐지를 펴서 정리하는 시간이 꽤 걸린다는 사실이었습니다. 할머니의 수거 시간에는 출근하기 위한 손님들이 많아지는 시간대였고, 손님들이 많이 드나드는데 좁은 편의점 내에서 장시간 박스 수거 작업을 할 수는 없는 노릇이었습니다. 고민한 끝에 결국 제가 폐지를 다 정리해 놓은 후에 할머니가 잠시 들어와서 수거해 가는 걸로 해결하였습니다. 영문을 모르는 단골손님들은 저보고 왜 그걸 직접 정리하냐고 물었지만 저는 그냥 웃고만 말았습니다.

지금은 나도 할머니도 그런 절차에 익숙해져 있습니다. 그런데 저의 일만 한 가지 늘어난 것이 아니었습니다. 어느 날부터인가 편의점 앞마당이 깨끗해져 있는 것이었습니다. 다음 근무자와 교대하기 전에 항상 내가 앞마당을 쓸어 놓곤 했는데 할머니가 고마웠는지 저를 대신해서 마당을 쓸어 놓고 가신 것입니다. 자연히 폐지 정리하는 일과 앞마당을 쓰는 일을 맞바꾼 셈이 되고 말았습니다. 쓸지 말라고 해도 고집스럽게 쓸고 가십니다. 전에는 서로에게 말을 걸 이유가 없었지만, 이제는 새벽에 가장 먼저 인사하는 사이가 되었습니다. 시간이 허락되어 몇 마디 얘기할 기회가 있으면, 얼마 전까지도 점포를 갖고 장사를 하면서 남부럽지 않게 살았다는 것을 강조하시는 할머니였습니다. 그때마다 '아! 그러셨군요.' 하면서 맞장구를 쳐 드리곤 했습니다.

동네에 재개발 아파트가 들어서면서 모든 생활이 파탄이 나 버렸다고 한탄을 하셨습니다. 나는 잘 이해가 되지 않았지만, 조합장이 사기를 치고 도망가는 바람에 손해를 본 사람들이 많았던 모양입니다. 시리즈처럼 이야기를 이어 갈 수 없었기에 항상 이야기는 그 정도에서 멈춰지곤 했습니다. 자세히 들어본다면 필히 안타까운 깊은 사정을 알 수도 있겠지만 저는 더 묻지 않았고, 그분 또한 더 자세히 얘기하지는 않았었습니다.

사실 전부터 여러 사람이 폐지 및 재활용품을 확보하기 위해 편의점 앞을 드나들 때 여러 형태의 행동에 대하여 유심히 관찰하였습니다. 폐지는 펴지 않은 채 한곳에 겹쳐 두기만 하고, 재활용품은 수거해 가기 전까지는 커다란 봉투에 담아 한쪽에 모아 두었었는데, 이들이 그 물건들을 다루는 방법이 다양했습니다. 잘 정리해 놓은 비닐봉지에 구멍을 뚫고 본인이 원하는 물건만 빼가는 사람이 있는가 하면, 풀어헤쳐 놓고 그냥 가는 사람도 있었습니다. 그런데 이 할머니가 훑고 지나간 자리는 항상 깨끗하였습니다. 다른 사람은 언제 그러고 갔는지 제가 잘 몰랐지만, 이 할머니의 행동은 항상 머릿속에 남아 있었던 것이었습니다. 그 후부터 다른 이들의 모습은 잘 볼 수 없었습니다.

얼마 전에는 "이거 우리 집 옥상에서 키운 것인데 농약 없이 키운 거야." 하시며 몇 가지 채소를 두고 가셨습니다. 고마운 마음에 얼굴에 미소가 가득 피어났습니다. 괜히 다른 손님에게 큰소리로 아침 인사를 건네봅니다. 밝은 웃음이 돌아옵니다.

[모임의 변화]

은퇴한 후라지만 그래도 초기에는 꽤 많은 모임이 있어서 심심하진 않았었습니다. 그러나 일요일부터 목요일까지의 야간생활이 시작되면서 대부분의 약속은 금요일 저녁으로 고정되어 갔습니다. 고등학교 동문, 대학교 동창, 친한 친구, 오래된 지인, 고등학교와 대학을 같이 다닌 모임, 직장 선후배, 형제 모임, 오래전 같은 동네 살던 사람들의 모임 등.

이들의 모임을 금요일로만 정하려니 그리 쉽지 않았습니다. 처음에는 대부분의 모임이 나의 처지를 배려해서 죽 늘어진 금요일 규칙을 잘 지켜 주었습니다. 지인들과 어울려 술 마시기를 즐겨 하는 저로서는 이날이 매우 기다려지기도 했습니다. 거의 유일한 해방구로서 역할을 해 주는 날이었습니다. 금요일에 얼큰하게 취한 후 토요일을 거쳐 스트레스를 해소하고 충분한 휴식을 취해야만 일요일 저녁부터 일을 하는 데 지장이 없었기 때문입니다. 재능기부 형태의 강의를 평일 오전에 하기 때문에 쉬어야 할 시간에 충분히 쉬지 않으면 체력이 버텨 내지 못하기 때문이었습니다.

그러나 2년이 다 되어가는 지금은 내가 대장 노릇 정도를 하고 있는 모임이나 오래된 지인 모임과 형제들 모임만이 그 규칙을 지키며 이어져 오고 있을 뿐이고, 요즈음은 그것마저 매우 뜸하게 이루어져서 쉬는 금요일이 점점 늘어가고 있습니다. 이러한 금요일 모임에 참석하면 이상하게도 주눅이 들고 싶지 않았습니다. 그놈의 자존심이 뭔지, 제 처지가 비록 어려운 상황에 있을지라도, 어떤 경우에는 과장되게 내 현실에 대한 당위성에 집착하곤 했었습니다. 실제 경제적인 것이 가장 큰 문제인데도 "돈이 문제가 아니고 지금의 편의점 아르바이트 생활이 내겐 아주 적절한 일이야."라는 것을 강조하곤 하는 것이 그런 류였습니다. 더 조건이 좋은 낮일이 있으면 당연히 그 일을 선택할 진데도……

뭔가 가슴속 깊이 존재하고 있는 알량한 자존심의 발로로 인하여 좀 더 현실적인 문제에 대해서 말하기를 꺼렸던 것 같습니다. 가식적인 과장과 나에 대한 편향적인 현실 인식에 좀 더 솔직하지 못했던 만남을 뒤로하고 집으로 돌아오는 길엔 항상 뭔가 찜찜함을 느끼곤 했었습니다. 술 한잔 걸친 김에 큰소리를 치면서, 자신 있는 듯한 현실 세계에서의 여러 가지 이슈들을 오로지 나 자신의 잣대로 주장하느라 열심히 떠들어대곤 했었습니다. 나이가 들어 가면서 남의 말을 듣기보다 내 생각을 남에게 주입하려고하는 경우가 점점 많아지고 있는 것을 느꼈습니다. 경험에 빗대어 확신할 수 있는 세상 이치가 늘어났다는 착각 때문인 것 같았습니다.

상대방 또한 못지않은 인생을 살아오면서 많은 경험을 하였을 터인데, 서로 간에 다른 환경에서 살아온 세월이 많아질수록 이해의 간극이 점차 벌어진다는 사실을 나중에야 깨닫게 되었습니다. 늙어갈수록 고집이 세어진다는 말은 듣지 말아야겠다고 생각하며, 들어줌으로써 그 생각의 차이를 좁힐 수 있었는데도 그러지 못한 제가 후회스러웠습니다. 귀를 기울이고 상대의 입장이나 생각을 인정할 수 있는 여유가 없었음을 후회하게 되었습니다.

'어떻게 늙어가는 것이 슬기로운 방법인가?'라는 생각을 많이 하게 됩니다. 그래도 만날 때마다 서로 간에 적절한 존중의 표시로 안위를 걱정하며, 안부를 물어봐 주는 이들이 없었다면 과연 내가 최근 약 2년의 시간을 이렇게 원활하게 보낼 수 있었을까? 라는 생각과 더불어 그들의 고마움에 고개가 숙여집니다.

실제로는 많은 사람의 도움을 받는 입장인 것이었습니다. 금요일 규칙을 지켜주기 위해 어느 누군가는 자신의 시간을 희생하였거나, 모임을 주관하는 사람들은 다른 사람들로부터 안 들어도 되는 잔소리깨나 들었을 것입니다. 모두 내 마음 같지 않을 진데 그게 어디 쉬운 일이겠습니까? 그런 것도 염두에 두지 않고, 내가 잘난 양 실컷 떠들기나 했으니 얼마나 어리석은 일이었겠습니까?

이제는 만남이 있을 때마다 감사의 마음을 듬뿍 담고 나가야겠다고 굳게 마음을 먹어봅니다. 모임이 없는 늙은이의 삶은 상상조차 하기 싫습니다.

[이중적인 나]

젊은 시절 직장을 다니고 있을 때 우연히 갯바위낚시를 경험하게 되었습니다. 경험이 많은 후배 사원의 권유로 입문하게 되었는데, 이 취미생활로 인하여 한동안 내 인생에 있어서 매우 커다란 일상의 변화를 가져오게 되었습니다. 서울에서 저 남쪽 바다에 있는 갯바위에 오르려고 주말 생활의 패턴이 완전히 바뀌었기 때문이었습니다. 당시에는 토요 휴무제가 아닌 시절이었기 때문에 서울에 있는 직장인으로서 갯바위낚시를 취미로 한다는 것은 매우 도전적이 아니면 거의 불가능한 일이었기 때문이었습니다.

다행히 주말을 빼앗겨서 화를 낼 줄 알았던 아내는 시간이 지나면서 적극적으로 지원해 주었습니다. 평소에 회를 좋아하던 아내는 내가 직접 잡아온 여러 가지 돔 종류의 회를 맛보고는 매우 환상적인 만족감을 나타내었습니다. 낚시를 끝내고 서울 집에 도착하는 시간은 보통 일요일 밤 12시 전후였는데, 처음 한동안은 내가 회를 떠서 아내가 먹을 수 있도록 해 놓고 샤워를 하였으나, 시간이 지남에 따라 도착 즉시 제가 샤워를 하는 시간 동안 자신이 스스로 회를 뜨는 상황까지 되었으며, 그 실력 또한 점점 늘어나게 되었습니다.

샤워를 끝내고 아내와 같이하는 식탁에서 행복을 느끼던 시절이었습니다. 평상시 붕어낚시를 즐겨 하던 내가 후배의 제안에 의해 얼떨결에 따라갔던 첫 출조에서 그만 경험하지 말아야 할 일을 겪은 것이 발단이 되었습니다. 후배의 가르침에 따라 한참 만에 겨우 낚싯대를 드리웠는데 운 좋게도 바로 대어가 입질을 한 것이었습니다. 대형 감성돔! 갯바위낚시꾼들에게는 꿈의 대상어인 것이었습니다. 그때의 흥분은 지금도 온몸에 소름이 끼치도록 남아 있습니다. 흔히 낚시인들이 얘기하는 마약을 맞은 것이었습니다.

그러나 초보인 제가 절대로 조절할 수 없는 크기의 물고기였기에 후배가 준비해 준 채비를 모두 망가뜨리면서 모양새만 확인한 그 물고기는 놓쳐 버리고 말았습니다. 대물을 끌어 올리기에는 기술이 전혀 따라 주지 않았기 때문이었습니다. 비싸게 주고 산 낚싯대의 초릿대(낚싯대의 가장 끝부분)가 완전히 부서져 버렸습니다. 전에 즐기던 붕어낚시의 취미생활과는 차원이 달랐습니다. 엄동설한의 추위 속에서 아쉽게 놓쳐 버린 대어의 환형이 머릿속을 떠나지 않았었습니다.

그 후 전문적으로 서울 직장인들을 모집해서 갯바위로 인도하는 것을 업으로 하는 꾼들과의 만남이 지속되었고, 무엇이든 시작을 하면 끝을 보고야 마는 성격 탓에 대어를 낚기 위한 저의 노력은 부단히 계속되었습니다. 민물낚시와는 달리 사전에 알아야 하는 기술적인 부분과 바다를 읽는 요령 등, 새로 공부를 해야만 하는 분야가 매우 다양하였습니다. 그 시절의 갯바위 돔 낚시 기술에 대한 정보는 주로 일본의 서적에 의존해야 했기에 그 어려움이 보통이 아니었습니다.

토요일 근무가 끝나고 집에 가서 낚시 준비를 하고 약속된 장소에 모이면 저녁 9시쯤. 가이드로부터 그날 출조하는 장소에 대해 개괄적인 설명을 듣고 저녁 식사를 하고 나면 10시쯤 서울에서 출발하기 시작하였습니다. 무리하다 싶은 과속으로 남쪽으로 남쪽으로 달려갑니다. 잠을 자거나 입 낚시를 하면서 갑니다. 그렇게 남쪽 어느 항구에 도착하면 새벽 4시쯤. 간단한 식사를 하고, 그날의 낚시를 위한 밑밥과 필요한 낚시 소모품들을 사고, 목표로 하는 섬에 데려다줄 배를 타면, 서울에서 출발할 때부터 꿈틀거리던 꿈의 조과를 예상하며 모든 말초신경이 서서히 달아오름을 느끼게 됩니다. 마음속에는 이미 모두가 부러워하는 대어를 당기고 있었습니다.

특히, 감성돔 갯바위낚시는 주로 겨울철이 제철이기 때문에, 이쯤 되면 온통 칠흑같이 어두운 상황에서 이루어집니다. 목표로 한 섬에 도착하면 우리를 갯바위 포인트에 옮겨줄 작은 배로 갈아타게 됩니다. 갯바위 포인트에 오르는 이 단계가 그날의 조과를 좌우할 수 있기에 모든 조사가 잠시 긴장하는 순간이기도 합니다. 서로 간에 눈치를 보며 갯바위에 오르면, 이제 시작인 것입니다. 오로지 자기만의 기법으로 가이드로부터 들은 그 포인트에 대한 사전정보를 바탕으로 대상어를 낚기 위한 온갖 처절한 사투가 벌어집니다.

차려 입은 복장에서부터 투사의 냄새가 물씬 묻어납니다. 초창기에는 대개 꽝 수준을 벗어나지 못했지만 그래도 시간이 흐름에 따라 점점 고기를 잡는 빈도가 늘어났습니다. 그렇게 빠져들어 버린 바다낚시를 시작한 지 2년 정도 지났건만 더 이상 만족할 만한 기술 향상이 되지 않았고 그저 그런 답보 상태가 꽤 오래되었습니다. 시시각각 변하는 조류의 흐름과 세기, 바람의 방향 및 세기 등을 감안하여 새끼손가락보다도 작은 미끼를 끼운 채비가 유효한 상태로 대상어를 낚기 위하여 보이지도 않는 바닷속 10여m의 수심층을 제대로 공략하고 있는지, 아니면 미끼가 떨어진 채로 엉뚱한 수심에서 헤매고 있는지를 알기 위해서는 매우 전문적이고, 경험적인 기술이 필요한 것이었습니다.

그 기술은 자주 바다에 간다고 해서 늘어나는 것이 아니라는 것을 깨닫게 되기까지 2년이란 세월이 흐른 것이었습니다. 1년에 약 25회 출조를 한 적도 있으니 거의 2주에 한 번씩 시도를 한 것이었는데도 답보 상태에 있는 기술에 매우 실망을 하고 있었습니다. 급기야 부단한 수소문 끝에 재야의 고수를 만나게 되었고, 그에게서 처음 들은 말이 "그렇게 낚시하면 10년을 해도 발전이 없습니다."라는 말이었습니다. 그때만 해도 낚시 기술은 남에게 잘 전수를 안 해 주는 것이 일반적인 상식이었는데, 단 세 차례의 동반 출조를 통해서 그에게서 배운 여러 가지 기술이 저를 완전히 바꾸어 놓았습니다.

왜 나의 실력이 늘지 않았는지 명확하게 알 수 있었고, 이제는 나이가 들어 힘이 들기 때문에 자주 출조를 하지 않는 그분은, 저와 같이 갯바위에 올라가더라도 낚시를 하지 않고, 오로지 제 등 뒤에서 자세 및 여러 상황의 타이밍에 대한 조언을 정말 열심히 해 주셨습니다. 그 후 일취월장한 기술의 발전을 바탕으로 국내의 내로라하는 전문 갯바위낚시꾼들과 시합을 할 정도였으니, 한때는 저도 그러한 전문가의 반열에 올랐다고 자부하였습니다. 그렇게 한 10년은 꾸준히 바다낚시에 심취해 있었습니다.

그러나 시간이 흘러 한번 출조에 20~30만원의 비용이 소요되는 것이 매우 부담되는 입장으로 바뀜에 따라 점차 취미의 방향이 바뀌어 갔습니다. 직장에서 은퇴의 시기가 다가오면서 바다낚시 비용은 많은 부작용을 낳게 되었고 급기야 서서히 바다를 멀리하게 되었습니다. 그때 대안으로 떠오른 해결책이 과거에 많이 하던 민물 밤낚시였던 것입니다. 상대적으로 저렴한 비용으로 즐길 수 있었고, 서울 근교에도 많은 낚시터가 있었기 때문에 쉽게 다녀올 수 있었기 때문이었습니다.

아내의 반대가 심해진 것은 그때부터였습니다. 나만의 취미였지, 아내에게는 그저 주말 과부나 다름없는 시간의 연속이었던 것입니다. 아무런 성과 없이 밤을 새우고 와서 늘어져 있는 제게 잔소리가 점점 늘어나기 시작했습니다. 이런 과정에서 아들의 병원 생활이 덜컥 시작된 것이었습니다.

요즈음은 낚시 자체를 다니지 않기 때문에 그 모든 알력은 봉합이 되었지만, 그 과정에서 나의 이중성을 깨닫고는 솔직하지 못했던 나 자신을 돌아다 보며 혀를 차곤 했습니다. 돈과 시간이 많이 들어가서 그렇지, 붕어낚시보다는 갯바위낚시가 훨씬 더 강렬하고 흥미로우면서 도전적인 것을 알고 있었지만, 붕어낚시를 같이 가는 동료들에게는 붕어낚시야말로 낚시 중에 최고의 낚시라고 입바른 말을 수도 없이 해 대었으니 ……. 거기에다가 갯바위 바다낚시의 무용론까지 과장을 얹어서 설명해댄 저를 생각하면 정말 고개를 들 수 없었습니다.

상황에 따라 하는 수 없이 붕어낚시로 전환하게 됐는데도 뻔뻔하게 그 상황을 합리화시켜 버리는 저의 이중성에 참으로 어이가 없으면서도 솔직하지 못한 처사였던 것이었습니다. 이 또한 많은 반성을 하게 만드는 나의 오만이었음이 분명하였습니다. '이런 내가 누구를 가르치려 들며, 누구의 상황을 그리 잘 이해한단 말인가?'라고 생각하니 매우 부끄러운 일이라 생각되었습니다.

'좀 더 솔직해지고, 좀 더 순수해지고 성숙해져야만 남은 생을 후회 없이 살 것이 아닌가?'라는 생각해 봅니다.

[다 른 일 찾 기]

　　편의점 아르바이트는 형편이 나아지기까지 임시로 택한 일이었습니다. 처음엔 길어야 몇 개월 안에는 다른 일자리를 찾을 요량이었습니다. 여러 수단을 통하여 시간이 날 때마다 다양한 방법으로 다른 일을 찾아보았습니다. 하지만 은퇴 후 어느 정도 시간이 지나서인지 그리 녹록하지 않았습니다. 전문분야에서 평생을 살아왔지만 일의 형태나 급여 수준, 직급 등의 테두리를 활짝 열어 놓고 일자리를 찾아보아도 이미 환갑이 넘은 나에게는 면접의 기회마저 허락되질 않았습니다.

편의점을 직접 운영해 볼 생각으로 많은 검토를 해 보았지만, 그마저도 포기하고 말았습니다. 365일 24시간 열어야 하는 편의점 경영은 온전히 그곳에 인생이 함몰되어 버릴 것이라는 생각이 들었기 때문입니다. 인터넷을 통해 낮에 할 수 있는 아르바이트를 알아보는 것과 전공을 살려 기업체에 도전하는 것, 내가 할 수 있는 자영업을 찾아보는 것, 중 장년 취업 박람회 참여 등, 할 수 있는 것은 다 동원하여 진행해 보았습니다. 아직은 뒷방을 차지하고 허송세월하며 시간을 때우며 살아가는 인간으로 전락하고 싶지는 않기 때문이었습니다.

은퇴하고 나서 처음엔 그간 친했던 사람들과 골프도 치고, 산에도 다니고, 여행을 다니고, 낚시도 다니면서 시간을 보내봤지만, 남은 평생 그러한 일들로 소요한다는 것은 생각만 해도 끔찍한 일이었습니다. 그렇다고 백 세 인생이 가시화되었다고 호들갑 떠는 언론의 주장에 동조하지는 않습니다. 사회적 현상과 개인의 삶은 엄연히 다르다고 생각하기 때문이었습니다. 그러나 그러한 통계적 수치를 참고로 하여 변화하는 사회에 적응하기 위해서라도 뭔가 일다운 일을 하기를 바랄 뿐이었습니다.

요즈음 제 또래는 매우 애매한 위치에 속해져 있는 것 같습니다. 젊은이들에게는 늙은이요, 늙은 사람들과 어울릴 때면 때때로 어린애 취급을 받기 십상이었습니다. 은퇴 후의 생애 설계를 제대로 다시 하고 싶어서 국가 기관에서 보조해 주는 각종 교육 기관에 등록하고 열심히 교육도 받아 보았습니다. 그러나 평생교육이라는 대단한 명제를 앞에 내세우고 수많은 국고를 축내며 진행되는 각종 교육 프로그램들은 과연 무엇을 위해 존재하는지 알 수가 없었습니다.

백 세 시대에 평생교육은 얼핏 보면 그럴싸한 미사여구를 사용하여 마치 은퇴자들을 위한 훌륭한 프로그램으로 착각하게 만드는 대표적인 포퓰리즘적 행태가 아닌가 하는 생각이 들었습니다. 몇 가지 교육 프로그램에 참여했던 나의 경험으로는 참으로 세금이 아깝다는 생각을 지울 수가 없었습니다.

주로 은퇴자나 은퇴를 앞둔 사람들에게 제2의 인생을 살아갈 방안을 찾아주기 위한 대국민 복지 차원의 교육 프로그램인데도 그 혜택을 받아 새로운 삶을 개척해 나가는 사람을 찾아 볼 수 없었습니다. 오로지 그 교육 프로그램을 수주하여 진행하는 교육 기관들의 배만 불려 준다는 생각을 떨쳐 버릴 수가 없었습니다. 참으로 안타까운 졸속 행정의 대표적인 경우라 생각이 되었습니다.

국가에서 인정하는 평생교육 관련 실행 기관으로 선정된 전국 각지의 교육 기관에서 배출되는 한 기수 내 수십 명의 교육 이수자들이 그 교육과 관련된 재취업이나 창업에 성공한 사례가 있는지 묻고 싶었습니다. 은퇴 후 생활을 영위하기 위하여 작게나마 생산적인 일거리를 찾으려고 하는 수강생들의 바람과는 전혀 동떨어진 교육 과정인 것이었기 때문이었습니다. 누구의 제안으로 만들어진 과정인지는 모르겠지만 참으로 안타깝기 그지없는 일이었습니다.

'정부의 예산을 획득하기 위해 매년 고군분투하는 일선 교육 기관들의 활성화를 위한 교육 제도란 말인가? 생애 재교육 프로그램을 수주하여 예산을 확보한 일선 교육기관의 한계를 모르고 있다는 말인가? 그 교육을 받은 수강생들의 재취업 및 창업의 성공 확률이 어떠한지 모른단 말인가?'

이러한 의문 및 실망만을 남긴 채 이제는 아예 고려 대상에서 빼 버리고 말았습니다. 아직, 은퇴자들의 생애 재설계를 위한 국가적 준비가 미흡하여 일어나는 현상이라고 자위해 보면서 좀 더 전문가들이 소속되어 있는 학계 및 정부 관련자의 연구가 많이 필요한 단계인 것 같다는 생각을 했습니다. 그나마 이렇게라도 시작을 하고 있으니 잘 발전시켜서 후대에서는 좋은 프로그램으로 각광받을 수 있길 기원해 봅니다.

자영업인 경우는 더더욱 황당하였습니다. 일반 기업체에서는 면접의 기회마저 없고, 국가에서 제공하는 재취업의 기회를 위한 교육은 유명무실하였기에 할 수 없이 자영업에 눈을 돌리게 되었습니다. 이미 제 전공과 관련된 분야에 대해서는 몇 차례 개인 창업도 해 보고 동업 창업도 해 본 터라 투자 금액이 많이 드는 관련 분야는 엄두도 못 내는 형편이었습니다. 환갑이 넘어 전 재산에 달하는 돈을 투자해서 사업을 할 바보는 없을 것입니다.

먼저, 시에서 제공하는 창업지원센터 같은 곳을 찾아 다녀 봤습니다. 몇 군데를 등록하여 교육도 받고 컨설팅도 받아 보았는데 결론은 저 같은 사람이 평생 일해 왔던 분야가 아닌 업종에 도전한다는 것은 거의 불가능에 가깝다는 것을 처절하게 느끼고 말았습니다. 개인 창업, 프렌차이즈 창업 모두 마찬가지였습니다. 교육을 받는 대다수는 이미 자영업의 경험이 풍부한 사람들로서 산전수전 다 겪은 사람들이었고, 저리 대출의 목표를 갖고 온 사람들이 대부분이었습니다. 저처럼 평생 월급쟁이 생활을 해 온 사람들은 찾아볼 수가 없었습니다.

제안하는 일도, 유혹하는 일도 있었지만 면밀한 검토 결과로는 할 만한 일이 없는 것이었습니다. 그들과의 괴리만을 확인한 채 그렇게 자영업의 계획도 물거품이 되었습니다. 이제는 자식들의 변화에 따른 상황을 기다리며 아르바이트로나마 시간을 때우면서 변신의 날을 기다리기로 마음먹었습니다. 비록 적은 소득 활동이지만 욕심을 버리고 지금 하는 편의점 아르바이트 일을 당분간 계속하기로 하였습니다.

[친구 중에]

저에게는 대학 시절에 만난 6명의 친구가 있습니다. 근 40년 동안 징글맞게 만나온 친구들입니다. 아내들은 물론 아이들까지도 같이 성장하면서 서로 경조사를 공유하는 사이들입니다. 그러나 요즈음엔 7명 모두 모이지를 못합니다. 한 친구는 이민하고, 한 친구는 먼저 이 세상을 떠나 버린 탓입니다.

진절머리나게 가난했던 어린 시절을 벗어나기 위하여 끊임없이 자기계발을 하며 노력한 결과 어엿한 박사 과정을 거쳐 준 국가 기관에서 중요한 업무를 담당하고 있던 친구 하나에게서 어느 날 날벼락 같은 소식을 전해왔습니다. 소주 한잔 기울일 때면 때때로 처절하게 살아온 자신의 젊은 시절을 얘기하며 눈물 한 방울 흘리던 친구였습니다.

같은 직장에 다니던 후배로부터 연락을 받고는 바로 병원으로 찾아갔지만 안 본 지 얼마 지나지도 않았는데 이미 몸이 눈에 띄게 쇠약해져 있었습니다. 급성 간암이었습니다. 문득 그의 얼굴에서 얼마 전에 돌아가신 손위 동서의 얼굴이 겹쳐짐을 느꼈습니다. 췌장암으로 밝혀지며 발병 사실을 인지한 지 6개월이 채 지나지 않아 돌아가셨기 때문에, 심한 인생의 헛헛함을 느낀 것이 불과 2~3개월 전이었습니다. 평생 교직에 몸담아 왔던 동서와는 같은 마을에서 살면서 수많은 소주잔을 기울이며 인생을 논하곤 했었는데, 교장 선생님으로 정년퇴직을 멋있게 하고 난 직후에 몸에 이상을 느껴 병원에 갔던 것이었습니다.

처음에는 원인이 잘 찾아지지 않아 매우 답답하였지만 그래도 서울에서 가장 이름이 난 대형 병원 세 군데를 거치면서 병명을 알아냈습니다. 그러나 그 기간에 여러 병원을 전전하며 받았던 지독한 각종 검사들 때문인지 하루가 다르게 몸이 여위어 가는 것이었고, 거의 매일 들러서 변화하는 모습을 곤혹스럽게 쳐다봐야만 했습니다. 어렵사리 병의 원인을 찾아

냈지만 더는 버텨 내지 못하고 돌아가시고 말았습니다. 투병 기간에 단 한 번의 회생의 기미도 없이 정말 허망하게 돌아가셨습니다.

40여 년을 벽지를 돌며 오로지 교직에만 충실 하느라 해외 여행 한번 못해본 그가 드디어 정년퇴임을 하고 나서 미국에 사는 장녀의 집을 방문하기 위해 비행기 표를 예약하고 좋아하며 웃음 짓던 모습이 아직도 눈에 선합니다. 이제 살만하고 생의 여유를 찾을 수 있는 상황이 되자마자 변을 당한 것이었습니다.

그런데 그의 마지막 쇠약해지고 앙상해졌던 육신의 모습이 내 친구에게서 보이는 것이었습니다. 같이 갔었던 다른 친구들에게는 아무 말도 할 수 없었습니다. 손을 잡아보고 얼굴을 쳐다보는 것 이외에는 서로가 아무 말도 할 수 없었습니다. 그렇게 졸지에 상황이 악화되었을 거라고는 상상도 못 했기 때문이었습니다. 그저 좀 치료를 받으면 괜찮겠거니 라고 생각하며 즐거운 마음으로 낄낄대면서 병문안을 할 과일 등을 샀던 것이 바로 조금 전이었는데…….

동행했던 친구들 모두 한없는 무거움에 답답해진 가슴을 진정시키며 헤어졌고 이틀 후 친구의 아내로부터 부음의 전화를 받게 되었습니다. 장례식장에서 같은 직장에 다니고 있는 후배로부터 그간의 과정을 듣고는 정말 아연실색하고 말았습니다. 병원의 진단은 이미 2년 전에 받았고, 직장은 휴직한 후 치료를 받아 왔다는 것이었습니다. 그런데도 우리 모임에서는 직장에서의 공식적인 안식년이라고 알고 있었던 것이었습니다. 유난히도 자존심이 강했던 친구의 입장에서는 그럴 수도 있었으리라 생각되지만, 우리가 놀란 것은 그러한 사실만이 아니었습니다.

집안 내력에 기인하였던 것이었겠지만(친구의 아버지, 두 동생 모두 같은 병명으로 사망했음), 병원 치료를 거부하였던 것이었습니다. 나이 들어 가면서 종교에 더욱더 의존하는 생활을 하였는데, 기도의 힘으로 이겨 낼 수 있다는 깊은 믿음을 갖고 있었다는 얘기였습니다. 먼저 간 집안 가족들이 병원을 전전하며 고통스럽게 병과 싸우는 것을 많이 봐 온 친구는 그 해결책을 엉뚱한 방법으로 찾고 있었던 것이었습니다.

쇠약할 대로 쇠약해진 몸을 이끌고 병원을 찾았을 때는 이미 한계를 넘어서 버린 후였고, 거기에다가 병원에 가자마자 검사를 하는 도중 거부반응이 심하게 와서 갑자기 위독해졌다는 것이었습니다. 참으로 충격적인 사실이 아닐 수 없었습니다. 30여 년을 같이 만나 왔었는데…….

물론 인생을 살면서 나보다 먼저 죽는 주위 사람들이 있음은 그리 놀라운 사실이 아닐 것입니다. 그것은 하늘에 달려 있고, 나름대로 하나의 운명이기에 너무 슬퍼할 필요도 없으며, 그러한 일들은 언제 어디에서나 일어날 수 있는 것이라고 자위하면서 살고 있었습니다. 그러나 앞에서 언급한 동서도 그렇지만 이 친구도 어느 정도 사회적인 기반이 탄탄해지고, 자식 농사 잘 지어 놓고, 이제야 그 어려웠던 시절을 추억 삼아 얘기하면서 살만해지는 즈음에 이러한 변고를 당했기에 그 안타까움이 더한 것이었습니다.

인간은 정말 한 치 앞도 내다보지 못하는 어리석은 존재인 것 같습니다. 예기치 않은 사고사도, 갑자기 변을 당하는 급사의 경우도, 몹쓸 질병에 의해 죽음을 앞에 두는 경우도, 잘 살고 있는 것 같지만 죽음과도 같은 삶을 살고 있는 경우도 누구에게나 닥쳐 올 수 있는 일들이지만, 우리는 그것을 애써 상상하지 않고 살아가고 있는 것 같습니다. 물론, 그런 불행한 죽음을 일부러 생각하며 살자는 얘기는 아닙니다. 오지도 않은 걱정에 사로잡혀 고민하는 것만큼 어리석은 일은 없다고 생각합니다.

되돌아보면 매일매일 무엇인가를 고민하고 결정하며 지낸 과거인 것 같습니다. 더 이상은 완전하지 않은 지식을 바탕으로 세상의 번잡한 일들로부터 고통받고 싶지는 않습니다. 단지 '우리 나이 정도면, 죽음의 시점은 아무도 알 수 없지만 남아 있는 인생을 어떻게 살아야 하는가?'라는 문제를 좀 더 치열하게 고민해 보아야겠다고 생각했습니다.

이제는 사회적인 늙은이의 탈을 벗어나고 싶습니다. 무엇인가를 새로이 계획하고 실천하면서 하루하루를 정성으로 살아가는 것이 나이와 관계없는 젊음이라 생각됩니다. 죽는 날까지 치열하게 살면서, 틈틈이 그렇게 살아가는 현재의 삶이야말로 나에게 행복을 주는 원천이라고 생각하고 싶습니다.

남에게 상처 주지 않으며, 작은 일에서도 행복을 찾으며, 진정 내가 하고 싶은 일을 찾기 위해 좀 더 노력하며, 닥쳐진 불행을 불행이라 생각하지 않으며, 누구일지라도 상대를 먼저 이해하려는 아량을 기르며, 푹 자고 난 다음 날 눈을 뜨고 새로운 아침을 맞이하는 것이 얼마나 행복에 겨운 삶인지를 느낄 수 있도록 살아가야 하겠습니다. 고마운 친구들에게도 그렇게 같이 늙어가자고 권하며 살아야겠습니다.

남아 있는 친구들과 모임 때 모바일 기계로 연결된 해외 이민을 간 친구의 말이 생각납니다. 우리가 가든 네가 국내에 들어오든 빠른 시간 내에 얼굴 한번 보자는 여러 차례 만남에서의 빈말 같은 인사말에,

"무리해서 만나면 뭐 해. 이렇게 그리워할 수 있는 것만이라도 행복한 거지."

[귀 인].

누구나 인생을 살면서 한 번쯤은 귀인이라고 표현되는 분을 만난 적이 있을 겁니다. 오래 다니던 대기업을 그만두고 회사의 소개로 소규모의 중소기업에 이직하여 열심히 일하고 있을 때였습니다. 몇 년 전 저에게서 도움을 받아 파산 직전에서 기사회생하였다는 후배가 찾아왔습니다. 사실 전화로 전부터 여러 차례 만나고 싶다는 의사를 보내왔었는데 저의 생각과는 다른 사업을 하고 있었기 때문에 만나는 것을 보류하고 있었습니다.

아주 친하게 지내고 있었던 선배와 함께 찾아왔기에 만나게 되었습니다. 그동안 벌었던 돈으로 정보 통신 사업을 해 보겠다고 했습니다. 한창 벤처 열풍이 불고 있을 때와 맞물리는 얘기들이었습니다. 작은 중소기업을 인수하려고 하는데 사장을 맡을 마땅한 사람이 없다는 것이었습니다. 저 아니었으면 자기는 이미 이 세상 사람이 아니라는 표현 등을 하며 과거의 은혜를 갚는 심정으로 제안을 한다는 것이었습니다. 옆에 있던 선배도 적극적으로 거들며, 본인이 알아봤는데 그 자리에는 제가 적격이라는 것이었습니다. 그 일은 그렇게 시작이 되었습니다.

제대로 사기를 당한 것이었습니다. 자기가 번 돈으로 사업을 하는 것이 아니라 돈을 댄다는 사람은 따로 있었습니다. 어리석었지만 그 꼬임에 빠져들고 말았습니다. 대표이사라는 명함에 유혹이 되었던 것 같았습니다. 다니던 회사를 그만두고 인수할 회사에 가서 취임까지 했는데 일이 꼬이기 시작했습니다.

인수 계약상 지불되어야 할 자금이 차일피일 미루어지며 모든 것이 물거품이 되고 말았습니다. 흔히 말하는 바지사장의 전형이 되어 버렸습니다. '아, 이건 아니구나!' 하고 느끼고 빠져나오기에는 불과 2~3개월간의 짧은 기간이었지만 그 여

파는 실로 커다란 것이었습니다. 모두가 제 탓이었습니다. 이미 대표이사의 직인을 활용하여 저지른 그들의 마수에 깊숙이 빠져든 뒤였습니다.

어느 날 그들은 사라졌고 남아 있는 형사, 민사상 책임져야 할 일들이 산더미같이 많았습니다. 남은 것은 경제적인 어려움이요, 잃어버린 인간관계요, 배신감에 잠 못 이루는 밤들이었습니다. 몸이 만신창이가 되어 병원을 다니면서도 되돌릴 수 있는 모든 것을 위해 뛰어다녔습니다. 그래도 그렇게 쉽게 유혹에 넘어간 저의 불찰이 가장 커다란 원인이라는 사실에는 변함이 없었습니다.

"사기당했다며?"

인간 같지 않은 정신으로 하루하루를 헤매고 있을 때쯤 지인으로부터 한 통의 전화를 받았습니다.

"얘기는 들었어, 저녁에 만나."

그날 둘은 밤이 새도록 술을 마셨습니다.

"내일 2시까지 사무실에서 봐."

이 말을 남기고 헤어졌습니다. 깨지 않는 숙취에 머리가 깨질 것 같았지만 다음날 시간에 맞춰 그 친구의 사무실로 갔습니다. 회의실에 들어간 저는 깜짝 놀랐습니다.

"앞으로 이 부서를 새로 맡으실 전무님입니다. 다들 인사하세요."

한 부서원들을 모두 모아 놓고 저를 기다렸던 것이었습니다. 너무나 어안이 벙벙하였습니다. 사실 그 친구와는 제가 대기업에 있을 때 프로젝트 파트너로서 같이 많은 일을 한 친구였습니다. 그러나 어느 정도 시간이 흐르면서 만날 일이 별로 없었는데 이렇게 만나게 된 것이었습니다. 저와 함께 일을 할 때는 아니었는데 이제는 그 역량을 인정받아 어엿한 사장이 되어 있었습니다. 새로운 사업을 기획하며 그 사업의 리더를 찾고 있었는데 제가 생각났다는 것이었습니다.

미국에 본사를 둔 외국계 IT 회사이며, 여의도에 자리한 커다란 빌딩에 여러 개의 층을 사용하고 있었습니다. 이미 저에 대한 조사는 모두 마치고 조직까지 갖춘 상태였습니다. 부서원들도 대부분 전에 같이 일하던 친구들로 구성해 주어서 적응하기 그리 어렵지 않았습니다. 입사하고 곧 알게 되었지만, 그 친구는 재임 기간이 거의 다 되어서 퇴직을 앞두고 있었습니다. 그 전에 저의 포지션을 확실히 해 주고 떠나갔습니다. 자기가 사장이 될 수 있었던 것은 저 덕분이라는데 기가 막힐 뿐이었습니다. 저는 저의 회사를 위하여, 자기는 자기 회사를 위하여 열심히 일했을 뿐인데 말입니다.

후임 사장이 한국말을 전혀 못 하는 상태이고 저 또한 평생 국내 비즈니스만 하였기에 잘 통하지 않는 의사소통이 조금은 문제가 되었지만, 그것도 어느 정도 시간이 흐르면서 해결이 되었습니다. 연봉도 대기업 다닐 때보다 두 배나 되었습니다. 사기로 인한 경제적 타격을 곧 회복할 수 있었습니다. 정말 열심히 일했습니다. 불가능하다고 생각했던 프로젝트도 몇 개나 성공시켰습니다.

얼마 후 그 친구가 사임하고 사장이 두 번이나 바뀌었지만 약 6년간을 근무하였습니다. 지금은 외국에 나가 있어서 만나지는 못하지만 제게는 너무나 소중한 귀인임이 틀림없습니다. 평생 월급쟁이를 해 왔던 제가 믿었던 사람으로부터의 배신과 예기치 않았던 친구와의 재회를 겪으면서 인생 참 묘하다는 생각이 들었습니다. 그래도 살아갈 만한 세상 같았습니다.

[야간 편의점의 진상들]

먼저 여기서 진상들이란 온전히 나의 시각에서 본 예를 말하는 것이지, 그들이 선악의 가치 중에서 악에 속한다고는 볼 수 없음을 밝혀 둡니다.

① 술을 아주 많이 마신 사람

12시가 지난 야심한 밤에 본인의 의지로는 도저히 조절되지 않을 만큼 술에 취한 상태로 오는 사람들이 있습니다. 편의점까지 걸어서 들어왔다면 어느 정도 정신이 있다고 생각하게 되는데, 간혹 어떤 이들은 아마도 잘 오다가 편의점 내에 들어와서 만취의 정점에 도달했을 것이라고 여겨집니다. 물건 구매 여부를 떠나 그냥 고꾸라지듯이 쓰러져 자는 사람들입니다.

보통 2~3시간 자고 일어나는데 제가 쳐다보고 있어도 대부분 조용히 문을 열고, 나가는 편입니다. 그래도 이런 사람들은 사고를 치지는 않습니다. 그런 사람들은 그저 자는 동안 심기를 불편하게만 하지 않으면 됩니다. 다음 날 아침 어디서 잃어버렸는지 모를 지갑이나 핸드폰 내지는 카드 등을 찾으러 오는 사람들이 있기도 합니다. 그때도 그들은 당당히 문을 열고 들어와서 제가 당연히 그 분실물들을 보관하고 있어야 하는 듯이 묻곤 합니다. 아니, 따지듯이 묻기도 합니다. 모른다고 대답을 하면 편의점까지는 있었던 기억이 난다며 화를 내며 마치 저의 탓인 것처럼 눈빛을 남기며 가는 사람도 있습니다.

간밤에 자신의 행동에 대하여 사과하는 사람은 있기는 해도 극히 드문 편입니다. 직장동료들과 회식을 하고 헤어질 때까지는 기억이 나는데 차를 타고 집에 다 와 가면서부터 기억이 나질 않는다고 했습니다. 여러 차례 그러던 한 손님은 그 행로가 아내에게 발각이 되어 편의점 내에서 자고 있을 때 부인에게 끌려가기도 했습니다. 몇 차례 그러고 난 후에는 더 이상 보이질 않습니다. 남편이 과도하게 늦으면 저에게 전화를 걸어서 확인하였던 아내의 영리함이 결과를 맺은 것입니다. 언젠가 새벽녘에 들른 그 여인이 남편의 습관과 관련해서 장시간 저에게 하소연한 적이 있었습니다. 그때 우리는 전화번호를 주고받으며 정보를 공유하였던 것이었습니다. 부디 버릇이 잘 고쳐졌기를 바랍니다.

② 술을 꽤 마신 사람

대부분의 손님은 술을 적당히 마셨다고 하더라도 그리 큰 문제가 되지 않습니다. 그러나 그간의 경험으로 봐서 사고는 주로 이들에게서 일어나게 됩니다. 야간 아르바이트를 자신의 화풀이 대상으로 생각하는 사람들이 간혹 있기 때문입니다.

이들 대부분은 문을 열고 들어올 때부터 얼굴의 표정이 다른 사람들과는 사뭇 다릅니다. 어디서 무엇 때문에 화가 났는지는 모르지만, 오만상을 찌그리고 들어오는 특징을 갖고 있습니다. 일단 사소한 행동거지가 매우 공격적이고 때로는 거친 행동도 마다하지 않습니다. 그리고 이들의 특징은 제가 하는 모든 행동이 자기의 마음에 들지 않습니다.

일단 높은 목소리와 강압적인 행동으로 뭔가를 무리하게

요구하는데, 근무 초기에는 화가 나서 맞부딪치기도 했는데 그 결과는 항상 좋지 않게 끝나곤 했습니다. 그들에게는 나이나 성별이나 사회성의 레벨 등이 전혀 적용되지 않았습니다. 언쟁이 높아져서 경찰을 부른 적도 여러 번 있지만, 다행히 정도를 지나칠 만큼의 폭력이나 활극은 아직까지 없었습니다. 경찰의 인도하에 집으로 갔던 사람이 몇 시간 후에 찾아와서는 울먹거리며 잘못했다고 사과하는 경우도 있었습니다. 그 일이 있은 후 이 젊은 손님은 종종 나의 야간 이야기 친구가 되었습니다.

이들은 겉으로 보이는 학벌이나 경제적 수준과는 전혀 연관 관계가 없는 것 같았습니다. 이들은 대부분 술에 취하지 않았을 때는 매우 친절해 보이는 사람으로 변하는 특징을 가지고 있습니다. 야간 아르바이트에게는 가장 위협적인 존재들입니다.

세월이 지나면서는 문을 열고 들어오는 손님의 첫인상을 보고 조심할 것은 미리 조심하는 놀라운 능력도 생기게 되었고, 첫인상만을 보고 그 사람의 다양한 면을 상상해 보는 습관이 자연스럽게 생겼습니다.

③ 갑의 행세에 익숙한 사람

다양한 주민들로 이루어진 동네의 편의점이라서 대부분은 제가 생각하는 기본 예의나 질서 등을 잘 지키는 편에 속했습니다. 그런데 이상하게도 순전히 나의 직관적인 판단이기는 하지만 갑의 냄새를 유난히 짙게 피우는 사람들이 있습니다. 저도 전에는 몰랐지만, 편의점이라는 곳이 일반 잡화를 파는 동네 슈퍼나 전통 시장이나 대형 마트와는 다른 점이 존재하는 것 같습니다.

비슷한 판매 구조를 갖고 있기는 하지만 24시간 운영되면서 말 그대로 고객의 편의를 위해 존재한다는 매우 특이한 자존심을 갖고 있다는 것이었습니다. 기존 장사의 기본인 "고객은 왕이다."라는 개념보다 고객과 편의점은 동급의 관계를 형성한다는 의미입니다. 그래서 보통 편의점에서는 갑과 을의 개념이 크게 존재하지 않는 것 같습니다. 다만, 본사에서 표준으로 교육하는 인사 정도가 있을 뿐, 서로가 필요에 의해서 존재한다는 개념이 다른 시장보다는 강한 장소이기도 한 것 같습니다.

대부분의 손님도 밤 12시가 넘어 물건을 사면서 직접 말은 하지 않지만 "여기 편의점이 있어서 너무 감사해요."라는 마음을 표시합니다. 그들의 태도와 반응에서 충분히 짐작할 수 있는 일들이었습니다. 아마 다른 가게들이 모두 문을 닫은 야간이기에 그러함이 더한 것이라 여겨졌습니다. 야간에 움직이는 사람들이 이렇게 많은 줄을 전에는 미처 몰랐었습니다.

주로 야간 공부 또는 야간 일을 하던 중 출출해서 먹을거리를 사러 나온 사람들이나, 다른 곳에서 늦게까지 장사를 하고 귀가하는 사람들, 또 다른 야간 아르바이트를 끝내고 피곤한 몸을 이끌고 집으로 돌아오는 청년들, 야간 연장 근무에 시달리다가 그 시간에야 퇴근하는 직장인들, 늦은 시간까지 데이트를 즐기는 젊은 커플들, 아이를 재워 놓고 둘만의 시간을 보내기 위해 산책 나온 젊은 부부들은 주로 편의점의 존재를 고마워하는 사람들이었습니다.

저 역시 진상 손님이 문을 열고 들어오는 것만 보더라도 거의 맞출 수 있는 경우가 대부분이었습니다. 이들은 본인들이 원하는 물건을 집어 들고 와서는 먼저 나의 이름표를 쓱 훑어봅니다. 그리고 "여기는 물건들이 왜 이렇게 비싸요?"라든가 "사장님이세요?" 하고 따지듯이 묻는다. 여기서 대답을 잘해야 합니다. "야간에 손님의 편의를 좀 더 제공하려니 비싸지는 모양이네요."라고 매우 부드럽게 응답을 하는 것이 그동안 제가 찾은 정답입니다. 이런저런 대답을 해 보았을 때 말만 길어지고 더 피곤해지기 일쑤였지만, 이 대답을 하고 나서는 더 따지는 사람들이 없어졌습니다.

특별히 어떤 말로써 갑의 표현을 하는 것보다, 아래위로 쳐다보는 눈빛이나 결제하는 과정에서의 돈이나 카드를 던지는 행동들 또는 이어폰을 낀 채 카드를 던져 놓으며 상대를 대하는 태도, 누구와 통화하면서 계산을 하는 행동들 등에서 풍겨지는 저급의 사회성 레벨을 느낄 때 매우 불쾌한 경우가 허다합니다.

본의 아니게 편의점을 지저분하게 한 후 그것을 깨끗하게 정리하려고 하는 아들에게 "야! 그런 일은 네가 하는 게 아니야. 저 아저씨가 알아서 할 거니까 너는 그런 것에 신경 쓰지 마."라고 하는 아이의 엄마와 "여기는 여러 사람이 사용하는 공간이니까 네가 어지럽힌 것은 가능한 한 네가 치워야 해!"라고 아들을 나무라는 엄마와 같이 성장해 가는 아이 중에 누가 훌륭한 인간으로 성장할까요? 그저 속으로만 끌끌 혀를 치고 맙니다. 이런 일을 직접 경험하고 나면, 한 치의 값어치도 없는 갑의 태도는 바로 가정에서 습득된다는 것을 알게 됩니다. 예의 바른 엄마의 자식은 예의 바르며, 예의 없는 엄마의 자식은 예의가 없다는 것을 쉽게 알 수 있습니다.

④ 커피숍으로 착각하는 손님들

낮에도 품목에 따라 소량의 물건들이 입고되기는 하지만 편의점의 특성상 야간에는 대량으로 물건이 입고되는 시기입니다. 배송 차량으로부터 이 물건들을 받아 검수하고 진열하기 위해서는 상당한 시간이 필요합니다. 보통 새벽 12시에서 4시 정도까지는 부지런히 일해야 얼추 주된 일을 마치는 시간대입니다.

편의점의 구조에는 판매대가 진열된 곳 말고도 손님들과는 분리된 곳에 대형 냉장실이 구비되어 있습니다. 이곳에 물건들을 정리하는 작업은 꽤 시간이 걸리는 작업 중 하나입니다. 이 내부에서 일하다가도 손님이 문을 열면 벨 소리가 울리기 때문에 그 손님을 맞이하는 데는 지장이 없으나, 일찍이 편의점 내에서 탁자를 차지하고 장시간 노닥거리는 사람들이 문제인 것입니다.

문을 여닫을 때만 울리는 벨이기 때문에 이들이 자리를 차지하고 있으면 분리된 공간에 가서 일할 수가 없습니다. 손님이 매장 내에 있으면 직원 또한 매장을 지키고 있어야 한다는 내규 때문입니다. 자연히 작업 시간에 많은 영향을 받게 됩니다. 보통 젊잖게 양해를 구하면 해결되기는 하지만 그렇지 않다면 여간 곤혹스러운 일이 아닙니다. 요즈음 상대방의 입장을 생각해 주는 사람들이 그리 많지 않다는 것은 잘 알고 있지만, 가끔 다툼의 상황이 발생하고 나서, 그 정도가 지나칠 때는 개운치 않은 마음이 하루를 가곤 합니다.

제가 생각하는 사회 구조의 틀이 깨져 있는 상황을 보게 되면 참 마음이 아픕니다. 어른이 어른답지 못하여 대접을 받지 못하고, 젊은이가 젊은이답지 못해서 이른 늙은이가 되어 있는 것을 보면 더더욱 그렇습니다. 어른을 공경하는 마음이 사라진 젊은이와, 젊은이를 보고 희망의 눈길을 보내지 않는 어른들이 요즈음의 상식적인 사회상인 것 같아서 마음이 편치 않습니다. 노인이나 어린이, 또는 힘이 약한 여성 등을 먼저 생각하는 신사도는 도대체 언제 이 사회에서 사라졌는지 한탄스러운 생각이 많이 들었습니다. 상대방을 생각하지 않고 자기의 이익만을 위한 행동들이 올바른 세상살이인 것처럼 살아가는 이들이 객관적으로 더 많은 이득을 취하는 세상이라면 참으로 살벌한 세상이라고 생각합니다.

그러한 행동들이야말로 일시적으로는 자신에게 이로움이 된 것처럼 보일지라도, 그런 사고야말로 사회 구성원의 소통을 단절시키는 가장 주된 요인이라는 생각은 왜 하지 못하는지 안타까울 뿐이었습니다. 그러한 개념이 만연한 사회에서는 서로가 서로의 가슴에 상처를 주는 일만 양산 될 것이고 그들은 결국 또 다른 상대로부터 멸시받는 일들이 반복될 것이 분명하기 때문입니다. 사실 커피숍에서도 오래 앉아 있는 사람들의 문제에 대하여 간혹 매스컴에서 다루기는 하지만 야간편의점에서의 이러한 애로점은 서로가 이해하여야 한다고 봅니다.

다행히 대부분의 손님은 대화에 심취해 있을지언정 저의 요청에 대하여 미안하다는 반응과 함께 웃음으로 동조해 주시는 것을 보면 아직은 절망적으로 그러한 사회상을 한탄할 필요는 없을 것 같습니다. 이런 분들에게는 제가 더 미안할 따름이었습니다. 진상 손님이라는 것은 편의점 내에서 오래 머무르는 손님이 아니라 대화가 통하지 않는 막무가내의 손님을 의미합니다. 편의점 내에는 화장실을 설계하지 않는 이유를 나중에야 알게 되었습니다.

저마다 자신의 이익만 생각한다면 그 사회야말로 전쟁터 아닌가 하는 생각을 해 봅니다. 야수들이 넘쳐나는 정글과 같다는 생각입니다. 총칼이 난무하고 포탄이 터져야만 전쟁터라고 말할 수는 없습니다. 물리적인 육신의 죽음은 일정한 단절의 시간으로 해결할 수 있지만 살아있는 정신적인 죽음은 우리 인간 사회에 많은 해악을 불러일으킨다고 생각됩니다. 이기주의, 배금주의가 판치는 이 사회에 살갑고 인정 넘치는 인문학적 흐름이 되살아나서 이와 같은 살벌한 사회를 어루만져 주길 기대해 봅니다. 다양한 진상 손님이 있지만 그래도 가능한 한 그들의 심기를 건들지 않기 위하여 오늘도 노력해 봅니다.

[내 나이 또래의 자격지심]

60이 넘은 내 나이 또래는 일반적으로 편의점 문화에 익숙하지 않은 것 같습니다. 뭔가 기존의 슈퍼나 전통 시장 체계하고는 다르기 때문에 편의점에 들르는 일이 있더라도 목적한 바를 재빨리 수행하고 나오곤 합니다. 젊은 사람들 위주의 여러 가지 판촉 행사를 하는 것만 봐도 우리 또래에게는 그리 익숙한 구매 패턴이라고는 할 수 없는 것 같습니다. 그러나 이미 젊은이들과의 문화와 단절되어 있는 듯한 내 나이 또래의 사람들은 편의점에서의 행동 방식이 독특합니다. 일단 편의점에 들어설 때부터 그 부류가 명확하게 나뉩니다. 순전히 나의 개인적인 판단이기는 하지만 그리 틀리지는 않는 것 같습니다.

　사회성이 매우 높은 시절을 보낸 것 같은 사람들은 무엇을 사러 왔든 간에 좀 과하다 싶을 정도의 미소를 띠며 거래를 합니다. 그들의 목소리에는 특별히 정의할 수 없는 호감을 품고 있어서 나 또한 매우 기분이 좋아집니다. 반면, 사회성이 매우 약한 과거를 살아왔다고 생각되는 사람들은 일단 행동과 말투에 자신감이 없어 보입니다. 매우 예의를 차리려고 하는 행동일지라도 약간의 굴욕적이면서도 모든 것을 수긍하려는 태도로 일관합니다. 이러한 행동이 나쁘다는 것은 아니지만 같은 시대를 살아가는 또래의 입장에서 약간의 연민을 느끼기도 합니다.

　문제는 어정쩡한 사회성을 보여 주는 부류들입니다. 이들은 편의점에 들어서면서부터 일단 기본 자세가 갑의 형태를 완연히 보여 줍니다. "나 들어 왔으니 잘 봐."라고 말하듯이 들어옵니다. 이들은 매우 조심해야 합니다. 조금이라도 그들의 비위를 거스르면 대뜸 화부터 내곤 하기 때문입니다. 그러나 아이러니하게도 이들이야말로 편의점 문화를 전혀 알지 못하는 대표적인 부류들입니다.

　1+1, 2+1, 할인 카드, 적립 카드의 활용에 대한 상식이 없

으면서도 물건 가격에 대한 불만을 가장 많이 제기하는 사람들입니다. 이들에게는 자존심에 상처 날 것 같은 어떠한 자극적인 얘기도 해서는 안 됩니다. 이래저래 가정에서부터 소외된 생활에 진절머리가 나 있는 사람에게 휘발유를 끼얹는 격이 되는 것입니다. 초창기 경험이 없을 때 아주 작은 상황에서도 히스테릭한 반응을 보이는 사람들이 바로 이들인 것 같았습니다.

몇 번 만나고 나서 조금 익숙해졌을 때 대화를 해 보면 그러한 예상이 여지없이 맞아떨어졌습니다. 이 시기에 겪어야 하는 숙명적인 절차인 것 같아 마음이 매우 씁쓸했습니다. 젊어서 집안의 가장으로 돈을 버는 주체였을 때와 지금의 그들의 처지는 나이가 들어감에 따라 대체적인 공통점이 있었던 것입니다. '자격지심' 본인도 모르게 마음속에 자리 잡아 있었던 것이라고 생각되었습니다. 여기 편의점에서나마 갑이고픈 사람들이었습니다.

사실은 과한 웃음으로 나타나든, 비굴한 행동으로 나타나든, 화가 난 상태로 표현이 되든 그 본심은 변함이 없는 것이었습니다. 저와 대화의 벽을 튼 50대 후반에서 60대까지의 야간 단골손님이 약 20명은 되는 것 같습니다. 대부분이 직장생활을 하다가 은퇴한 지 얼마 되지 않는 사람들입니다. 그들이

12시가 넘은 야간에 편의점에 들른다는 자체가 쉽게 잠들지 못하는 그들의 애환을 대변하고 있다고 생각됩니다. 사러 오는 것 역시 막걸리, 소주, 맥주 등의 주류와 간편한 안주류가 대부분인 것을 보면 몇 명의 아주 쾌활한 손님 빼고는 비슷한 밤을 지내고 있는 것이 분명했습니다.

저는 그들을 맞이하면서 최대한 친절함을 내비치려고 노력했습니다. 비록 같이 술을 마시며 이야기할 수는 없었지만, 시간이 흐르고 사이가 가까워지면서 대화를 하는 시간이 점차 늘어나게 되었습니다. 그 와중에 요즈음 백 세 시대가 화두인데도 이제 고작 육십 정도까지밖에 살아오지 않은 이들이 은퇴 후 무엇을 하며 살 것인가에 대해 이토록 모두 똑같이 설계하지 않아 왔다는 사실에 정말 놀랐습니다.

자영업을 하는 사람들은 정년이라는 개념이 거의 없지만, 이들 대부분은 기업체에서 조직 생활을 해 오던 사람들인데 이다지도 준비가 안 되어 있다니 기가 막힌 일이었습니다. 저마다 과거에 한 일에 대해서는 자부심을 느끼며 열심히 얘기하지만 다가오는 미래에 대해서는 꿀 먹은 벙어리가 되고 마는 것이었습니다. 물론, 전혀 준비를 안 한 것은 아닌 듯한 사람들도 있었는데 그나마도 계획이 구체적이지 않고 현실적이지 않아서 지속적인 고민만을 거듭하고 있는 상황이 대부분이었습니다.

저는 그래도 은퇴 후의 생활에 대해서 꽤 구체적인 계획을 세우고 준비를 착실히 하던 중에 아들의 돌발적인 상황으로 말미암아 그 계획들이 일부는 포기되고 연기되기는 했지만 조금 늦어지더라도 아직은 그 방향은 잃어버리지 않고 있는데 참으로 안타까운 현실이었습니다. 비록 지금은 편의점에서 아르바이트를 하고는 있지만, 적어도 딸이 시집을 가고 아들이 스스로 자기의 길을 찾아가는 시점이 되면 제가 해야 할 일은 정해져 있기 때문입니다.

서울 근교 전원마을에서 살고 계시는 아버지의 약 200평 정도의 텃밭에서 벌써 6년째 각종 농산물을 키우는 연습도 하는 상태였습니다. 초보 시절에는 정말 무식하게 농사에 도전하였는데, 이제는 연작의 폐해도 어느 정도 피해 갈 정도로 준전문가가 되었으며, 그 사이에 농산물품질관리사라는 국가 기관의 자격증도 취득하였고, 같은 농산물품질관리사들 모임으로부터 농작물별 전문기술도 전수하면서 이제는 제법 어엿한 실력을 갖출 수 있게 되었습니다. 상업적이지는 않지만, 은퇴 후 제가 먹는 농산물은 내가 길러서 먹는 것이 제 소박한 꿈입니다. 워낙 이러한 일들을 좋아하는 편이라 선택하게 된 일이었습니다.

약간 주눅이 들어있는 듯한 이들에게는 막연하나마 미래를 위한 어떠한 계획도 없다는 공통점이 있었습니다. 무모한 계획을 세워서는 안 되겠지만 자그마한 실천적 계획이라도 있었다면 그렇게 자신 없는 대화는 하지 않을 것이라고 확신합니다. 저는 평생 디지털세계에서 살아온 삶을 변화시키고 싶었고, 이왕이면 제가 죽을 때까지 즐겁게 하면서 살아갈 방법에 대하여 정말 오랫동안 진지하게 고민하고 나서 결정하고 싶었습니다. 거기에다가 자연친화적인 무공해 식품을 찾는 경향이 늘어나고, 먹을거리에 대한 불신이 점점 사회문제가 되고 있고, 적어도 이러한 현상이 한동안 지속된다고 볼 때, '비록 상업적이지는 않지만 나의 노력과 시간이 투자된 좋은 농산물을 가까운 사람들과 공유할 수 있다면 얼마나 보람된 일일 것인가?' 하는 것이 제 생각이었습니다.

더불어, 적어도 10년 이상은 그와 같은 일을 하면서 뭔가 전문성을 기를 수 있는 작물을 찾는 중이고, 잘 모르는 분야에서 뭔가 이루어 내려고 하는 욕심도 있는 것이었습니다. 그래서 요즈음은 사물인터넷을 활용하여 최대한 자동으로 농산물을 키우는 '스마트팜'이라는 분야와 'LED'를 활용한 재배법에 대해 공부하고 있습니다. 근래에 새로이 각광받고 있는 첨단 재배 방법이기는 하지만 IT를 평생 업으로 살아온 제 입장에서는 작으나마 실험적으로 도전해 볼 만한 분야인 것 같다는 생각이 들었기 때문입니다. 정보통신 분야와 농업 분야의 융합적 솔루션들을 직접 체험해 보고자 하는 것입니다.

비록 늦게 시작했고 아직은 전문적으로 할 작물조차 확정하지는 않았지만 10년 정도 열심히 하면 그래도 좀 한다는 소리를 들을 수 있지 않을까? 하고 의욕적으로 공부를 하고 있습니다. 그 과정이 주로 배우고 실험하는 일들이 대부분으로 예상되고, 제가 키우는 농작물의 생육 데이터를 첨단농업과학을 연구하는 연구소와 공유하면서, 젊은 연구원들과 토론을 하다 보면 하루하루를 활기차게 보낼 수 있지 않을까 하는 희망적인 생각도 하고 있습니다. 면밀하게 검토해 본 결과, 다행히 그리 많은 비용이 들지는 않을 것으로 예상되기에 저에게는 포기할 수 없는 버킷리스트의 하나가 되어가고 있습니다.

동년배의 손님들을 보면서, 특히 자격지심에 사로잡혀 있는 분들과 이런저런 얘기를 하면서 깨닫게 된 것은 그들이 아무것도 시도하지 않고 있다는 사실입니다. 단지 이불 속에서 고민만 하고 있으며, 뭔가 좋은 일을 기다리고 있으며, 그렇게 무의미한 하루하루를 보내면서도 구체적인 행동 계획이 없다는 공통점이 있었던 것입니다. 유능한 능력을 갖고 젊은 시절을 살아온 사람들이 자기의 능력을 표현하거나, 남들에게 설명할 수 있는 노력을 하고 있지 않은 것이었습니다.

지금 생각하면, 보잘것없기 짝이 없는 자료를 갖고 처음으로 구내 노인들을 위하여 재능기부 강의를 하던 내가 한없이 부끄러웠지만, 그래도 그러한 시도마저 없었더라면 저 또한 그들과 마찬가지로 시간만 때우는 하루하루를 살아가고 있었을 것입니다. 그러한 시도 속에서 처음에는 한 장의 강의 자료를 만들기 위해 밤을 새워 가며 헤맸던 제가 이제는 파워포인트로 강의할 정도로 발전하였고, 초기 강의를 지속하면서 익숙해진 프레젠테이션 자료 작성 기술을 이용하여 수십 년간 경험해 온 정보통신 데이터 분야의 콘텐츠를 만들어서 추가적인 강의의 기회가 찾아 왔었기 때문입니다.

제가 안타깝게 생각하는 것은 그들 대부분이 은퇴 직전이나 은퇴 후에 더 나은 미래를 위한 투자에 인색하다는 것입니다. 금전적인 투자를 의미하는 것은 아니라, 계획을 찾고 그 계획을 실행하기 위해 갖추어야 할 새로운 분야의 지식 습득이라든가 처절한 자신만의 노력을 투자하는 데 인색하다는 것입니다. 그러한 투자 결과에 대한 확신이 없는 것도 문제지만, 은퇴와 같이 찾아오는 주위의 시각과 스스로 느끼는 자격지심이 가장 문제인 것 같았습니다.

누구에게나 자연스럽게 찾아오는 이러한 상황은 처음에는

매우 혼돈스럽고 참기 힘든 자괴감마저 들지만, 시간이 지날수록 조금씩 무뎌지기 시작합니다. 비슷한 사회생활을 해 온 사람들은 아주 특수한 경우를 제외하고는 거의 유사한 상황을 맞이하게 되는데, 몇 년 후에는 서로 간에 많은 차이가 있게 됨을 알게 됩니다. 삶에 대한 의미 있는 감각이 무뎌지기 전에 기를 쓰고 새로운 길을 찾기 위해 노력해야 합니다. 아무도 나를 도와주지 않는다는 것을 알아차리는 데 그리 오랜 시간이 들지 않으니까요.

저는 다행히 은퇴 초기에 약 3개월간에 걸친 평생교육이라는 과정을 수강하면서, 백 세 시대를 맞이하는 우리 세대 사람들이 과연 어떻게, 어떤 과정을 거쳐서 자연스럽게 제2의 인생을 설계하고 시작해야 하는지에 대하여 교육을 받은 적이 있었습니다. 그 과정에서 미래에 대한 어렴풋한 계획을 수립할 수 있었고, 그러했기에 비록 지금 힘들고 어려운 시간을 보내고 있지만, 좀 더 나은 미래가 기다리고 있을 것이라고 믿고 있는 것입니다. 그분들에게 말씀드리고 싶습니다.

"해 보았지 않았습니까? 각종 모임에서나, 집안 여기저기에서 제가 얘기하는 자격지심의 의미가 무엇인지 경험해 보지 않았습니까? 지금부터라도 그것에서 벗어날 수 있도록 안간

힘을 써 봅시다!"

젊어서의 성공은 세세한 우연에 의해 이루어질지라도 나이 들어 성공은 우리 모두 스스로 노력한 결과가 아니겠습니까? 한 인간의 인생 작품은 지금 시작해도 늦지 않았다고 생각합니다. 갑자기 많이 늘어난 것 같은 우리 또래의 은퇴 백수들! 힘내시길 바랍니다. 다시 한번 당당히 우리의 미래를 개척해 나아가도록 합시다.

[변화]

아들의 미래에 대한 불안감은 여전히 남아 있습니다. 아직
도 진행 중이기는 하지만 아들의 사건을 지내고 나서 수많은
밤 동안 희망찬 미래에 대하여 상상해 온 나의 계획들이 생각
한 데로 제대로 이루어질까 하는 불안감이 있는 것도 사실입
니다. 사람은 누구나 그들 나름 대로 특수한 상황이 존재하고,
그 상황 속에서 그때마다 옳을지 모르는 판단을 하며 살아가
야 하는 것은 모두 다 마찬가지인 것 같습니다.

권력을 탐하는 사람이 권력을 잡고, 부자가 되기 위해 발

버둥 친 사람이 부자가 되고, '나의 영혼을 이렇게 표현하겠어'라고 주장하는 예술가가 그 뜻을 이루었을 때, 원한이 깊은 원수를 원하는 방법으로 처단했을 때, 그들은 과연 행복을 느끼는 삶을 살아갈 수 있을까요? 이루려고 하는 목적을 이루었을 때 대부분의 사람은 또 다른 목적에 함몰되어 지속적인 고통 속에서 헤어나오지 못하거나, 마음속의 헛헛함으로 인하여 바랬던 행복감을 찾을 수 없다고 알고 있습니다. 활발한 사회 활동을 하는 그러한 일들이 마치 한 인생의 성공 여부를 결정하는 바로미터가 되는 것 같아도 어느 정도 나이가 들면 인간은 그냥 그렇게 살아가는 것인 것 같습니다.

목적을 갖고, 그것을 성취했다고 해서 그들이 반드시 행복하지는 않다고 생각합니다. 어떻게 그 목적을 위해 사느냐 하는 것이 더 중요한 때가 오기 마련이기 때문입니다. 수많은 영웅적인 혹은 사회를 발전시키거나, 영적인 풍요로움을 우리에게 안겨준 위인들의 얘기는 그들의 얘기인 것입니다. 우리가 모두 영웅이 될 수는 없다고 생각합니다. 일반인들은 그냥 열심히 살아가는 것입니다. 위인전에 나오는 그런 삶을 살아야 반드시 훌륭한 삶을 살았다고 할 수는 없는 것입니다. 단지 그들에게서 영감을 얻고 지혜를 빌리는 것이 우리 생활에 도움을 줄 수 있다고 생각하기 때문에 그들을 닮아 가려고 노력하는 것뿐입니다.

　대부분의 사람은 자신의 작은 행복을 위하여 그냥 살아가는 것입니다. 그것이 남에게 영향을 미치는지 아닌지 그 차이일 뿐이라 생각합니다. 영향을 미치기 위해 일부러 노력할 필요는 없다고 생각합니다. 그것은 개인의 위치에 따라 만들어지는 자연스러운 결과일 뿐입니다. 생과 사의 갈림길에서 자신만이 알 수 있는 진실이 있는 것입니다. 그것은 이미 육체와 정신의 간극을 뛰어넘는 것이라 여겨집니다.

　어느 날 외출했던 아들이 술에 잔뜩 취한 상태로 귀가를 했습니다. 식구들 모두 기겁을 했습니다. 아직은 절대 해서는 안 될 것이라고 생각하는 일이 벌어진 것이었습니다. 아내와 딸 그리고 저는 아들과 서로를 쳐다보며 어안이 벙벙하여 아무 말을 할 수 없었습니다. 병원 퇴원 후 회복 기간 내내 자기 방에 앉아서 컴퓨터 게임에만 몰두해 있던 아들이 서서히 친구들을 만나기 시작한 것은 얼마쯤 전부터 시작되었습니다. 한 학기 남은 학교에 복학을 미루고 나서부터, 그 일로 인하여 가족들과의 격렬한 토론을 거친 후부터 외출을 시작한 것이었습니다. 한편으로는 마음속으로 매우 바람직스러운 변화라고 생각했는데 난데없는 술이라니!

　다음 날 아침, 조용히 물어보았는데 "그냥 어떻게 되는지 한번 마셔보고 싶어서."라는 덤덤한 답이 돌아왔습니다. 꾸짖을 일도, 따질 일도 아니라는 생각이 들었습니다. 약간의 술은 의사 선생도 괜찮다고 했으니 앞으로는 과음하지 말고 조금씩만 먹으라는 말로 대신하고 말았습니다. 그러면서도 '미래의 삶에 대한 변화의 조짐인가?'라는 생각이 언뜻 떠 올랐습니다.

저는 알고 있습니다. 자기 방을 벗어난 아들이 무엇 때문에 고민하고 있는지 알고 있습니다. 부디 스스로 길을 찾을 수 있도록 기다려 주는 것밖에 해 줄 것이 없었습니다. 신체적 핸디캡을 갖고서도 성공의 길을 찾았던 많은 이들의 얘기를 통해서 아들에게 희망의 실마리를 제공하려던 일들이 실패로 돌아갔었기 때문이었습니다. 스스로 깨우치기를 기다려 주자고 마음을 굳힌 지 얼마 되지 않았기 때문에 갑자기 저지른 아들의 행동에 미처 대처를 못 하고 있었습니다. 겨우 과음의 폐해에 대해서만 나지막이 얘기해 주고 말았습니다.

다행히 그 후로 아직은 술 마시는 일은 없었지만, 그 하나의 행동이 나름대로 자신의 내면에서 치열하게 전개되고 있는 갈등과 싸우는 과정이 아닌가 싶었습니다. 죽음 앞에 직접 서 보았던 아들에게 세속적 충고나 도움은 별 의미가 없음을 이미 알고 있기 때문입니다. 외출도 잦아지고 뭔가를 찾아보려고 하는 아들의 눈빛과 행동에서 변화의 조짐이 싹트고 있는 것만은 확실한 것 같습니다. 부디 긴 악몽에서 벗어나 찬란한 미래를 향한 한 발을 내딛기를 기대해 봅니다. 많은 바람에 흔들렸지만 그만큼 많은 씨앗이 퍼져 나가서 그 아름다운 결실들이 그의 미래를 환히 비출 수 있도록 기원해 봅니다.

아들은 저나 아내를 원망하고 있었을까요? 그렇게 태어난 자신을 원망하고 있었을까요? 아니면 실타래를 꼬아 놓은 조물주를 탓하고 있었을까요? 때때로 저는 이것이 매우 궁금했습니다. 답은 아들의 한마디에 있었습니다.

"아빠, 너무 걱정하지 마! 내 인생은 내가 알아서 할 거야!"

요즈음 오래전에 면허를 따 놓고도 운전을 하지 않았던 아들을 옆에 태우고 낙엽들이 본격적으로 뒹구는 서울 외곽으로 자주 향하고 있습니다. 오늘 귀갓길은 운전석 주인이 바뀌어 있을 겁니다.